本日のメニューは。

行成　薫

集英社文庫

目次

本日のメニューは。

四分間出前大作戦

1

「この寒いのに、ランニングシャツ一枚で大丈夫なのかね」

「いやあ、余裕っす。自分、寒さには猛烈に強いんで」

村上哲雄《むらかみてつお》は呆《あき》れ顔で、二月の真冬日だというのに薄着極まりない池田翔《いけだしょう》の肩をぽんと叩《たた》いた。これはランニングシャツじゃなくてタンクトップっす。と、池田は発達して盛り上がった大胸筋を誇示するように胸を張る。冬来たりなば春遠からじ、とはいえ、下手をすれば雪がちらつこうかという寒空の下、池田は今日も元気に襟袖のないシャツ一枚でカジュアルランナーの多い街中のジョギングロードを全力疾走していた。哲雄より先にゴールし、地べたに足を投げ出して座り込んでいる池田の体からは、まるで茹《ゆ》で釜の湯気のように汗がほこほこと立ち昇っていた。

　昨年三月に定年を迎えて退職した哲雄が散歩を日課にするようになってから約一年、池田とはほぼ毎日顔を合わせていた。ただ、ジョギング仲間として一緒に並んで走っているわけではない。いつも、哲雄がのんびりとしたペースで散歩を始めると、どこからともなくものすごい勢いで池田が吹っ飛んできて、あっという間に追い抜いていく。ほどなく、また一周回った池田に追いつかれ、追い抜かれる。それを、何度も繰り返して、最終的には哲雄が一周回ってスタート地点に返ってくるまでに、池田は二十周走り終えている。そのあと少し、世間話などかわすのが毎日のことになっていた。

池田の美しく鍛え上げられた筋肉は、男でもため息が出そうになるほど見事なものだ。自分も、もう少し若い時分から鍛えていればこんな体になることができていただろうか、と、哲雄は少しうらやましく思う。反面、池田は頭の中身も筋肉でガチガチに鍛え上げてしまったようで、少ししゃべるだけでその独特すぎる感性に翻弄される。生真面目な哲雄は、池田がどこまで本気なのかがわからず、いつも反応に困ってしまう。

「相変わらず、足速いよねえ」

「まあ、めちゃめちゃ鍛えてますからね」

「若い頃は、やっぱり陸上の大会とか出ていたのかい？」

「高校ンとき、インハイ出ましたよ。同年代ではぶっちぎりの実力者でしたね」

「高校のときって、今いくつだっけ」

今年で三十二っす。と、池田は平然と答えた。哲雄は、あれ、結構歳《とし》いってるんだね、と目を丸くする。もう少し若いと思っていたが、哲雄の息子や娘と同世代だ。

「そんなにすごかったなら、オリンピックにも出られたかもしれないね」

「ぶっちゃけ、今でも出りゃ余裕で金メダルっすね」

「余裕で？」

「ぶっちぎりっすね」

「そんなら、なんで出ないのさ」

「いやだって、オリンピック出るには、いろんな国際大会に出ないといけないんすよ」

「そりゃ、そうだろうね」

「海外の大会出るのに、飛行機乗らなきゃいけないじゃないっすか」

それればっかりは無理なんで。恐怖なんで。と、池田は首を振った。人間、地に足つけてないとダメでしょ、ともつけ加えた。

「じゃあ、船で行けばいいじゃないか」

「哲雄さん、怖いもの知らずっすか。船なんてね、底の薄い鉄板一枚めくると、下全部海水っすよ。そっから数千メートルの深さあるんすよ」

「船も怖いのかい」

池田は、完全に無理っす、と真顔で答える。

「いやでもね、哲雄さん。俺、ガチで目指してるもんがあるんすよ。オリンピックとかどうでもいいんすよね」

「目指してるもの？」

「音速の貴公子、って知ってますか」

それ、ずいぶん前に亡くなったF1ドライバーじゃないの、と哲雄は答えた。

「いいっすか、超高速で俺が走るとするじゃないっすか」

「超高速で、走る?」

「で、俺が音速を超えるか超えないかの辺りで、前に圧縮された空気の壁が出来んすよ。音速の壁ってやつっすね。でね、これを超えると、スゲェ音がするんすよ。バッカーン! みたいな。ソニックブームつって」

池田は、まるでその音速の壁を突き破る自分を想像するかのように空を見上げ、にやっと笑う。戦闘機なみのスピードで走れる人間などいないよ、と哲雄が笑うと、池田は、いや、いけますって、と大真面目に言った。

「もうそうなったら、貴公子っていうよりも超人だねえ」

「超人。いいっすね。いい響きっすよ、それ。ヒーローっぽい」

「ヒーローというより、バケモノだよ」

「俺、音速の貴公子になったら、次にヒーローになりたいんすよ」

「まあ、なろうとすることは自由だけどねえ」

哲雄がそう言うと、池田は、そうっすよね、と強めにうなずいた。音速の貴公子でもヒーローでもいいのだが、哲雄としては池田が定職についているのかがわからず、なんとなくもやもやする。

「そういや、哲雄さん、今日もあそこですか」

「うんそう。お昼は決めてるんだよね」

定年後の哲雄の一日は、いつも同じことの繰り返しだ。

午前中に家を出て、街中のジョギングコースをゆっくり歩いて一周する。池田と世間話を交わして時間を少し潰し、昔から付き合いのある商店街に立ち寄って妻からの指示通りに買い物を済ませる。商店街から家までは、歩いて三十分ほどの道のりだ。途中、哲雄が六十五歳の定年まで勤め上げた国立大付属病院が見えてくる。懐かしい風景を横目に見ながら、病院前の交通量の多い国道を渡るために息を弾ませつつ歩道橋の階段を上る。

歩道橋を渡って反対側の階段を下りる所まで行くと、眼下に「中華そば」と書かれたラーメン屋の古い暖簾《のれん》が見えてくる。赤地に白い文字。暖簾は何十年も風雨に晒《さら》されたせいか、店の名は目を凝らさないともう見えない。

「そんなに旨《うま》いんですか、そこのラーメン屋」

「いやあ、ほんとね、毎日食べても飽きないんだな、これが」

哲雄のお目当ては、そのラーメン屋の看板メニューである、「中華そば」だ。良心価格の一杯五百五十円。昔ながらの醤油《しょうゆ》味。シンプルな白い陶器のレンゲで、赤い雷文の入った小ぶりの丼《どんぶり》からスープを一掬《ひとすく》いして口に運ぶと、薄味ながら、奥から湧き上がってくる旨味と香りに、思わず「ほうっ」と吐息が漏れる。あとは、絶妙な硬さに茹で上げられた中細麺を啜《すす》り、噛《か》むほどに味の染み出る叉焼《チャーシュー》に齧《かじ》りつく。ほとんど毎日食べているというのに、一口めの鮮烈さはいつでも彩《いろ》を失わない。夢中になって食べ終わった後の余韻は、ああ、生きている、という幸福感と生命感に満ちている。今日のように寒い日なら、またその味も格別だろう。

「めちゃめちゃ旨そうじゃないですか！」

身振り手振りを交えて説明をすると、池田は腹を減らしているのか、ぐぅ、と喉を鳴らし、唾を飲み込んだ。

「そうそう。めちゃめちゃ旨いんだよ、これが」

2

朝六時半からの仕込みも一段落し、藤田稔《ふじたみのる》は額の汗をぬぐった。外は寒いが、厨房《ちゅうぼう》の中は吹き上がる蒸気で蒸し風呂のようだった。扉を開けると、外気がひやりとして気持ちがいい。いつもと同じ場所に同じものを並べ、外に出て『中華そば・ふじ屋』と薄い字で書かれた暖簾をかける。午前十一時三十分、時間通り開店だ。

店の中に戻るなり、引き戸が開く音がした。稔は反射的に「いらっしゃい」と声を張った。いつも一番乗りのお客さんかと思いきや、入ってきたのは、ここのところ、ちょくちょくやってくる二人の子供だった。たぶん、兄弟だろう。兄らしき子供は小学校四、五年生くらいだろうか。きりっとした顔をしている。弟は小学校に入りたてくらいに見える。人懐っこい笑みを浮かべながら、兄の後ろに隠れている。

「食っていくのか」

稔が無愛想に尋ねると、兄の方が首を横に振った。稔はそれ以上なにも聞かず、丼にスープと同量の水を注ぎ、木のお盆に載せて兄に手渡す。ちょうどそのとき、再び引き戸が開いて、馴染《なじ》みの顔がひょいと覗《のぞ》いた。本来なら一番乗りだっただろう、常連客の村上哲雄先生だ。向かいの大学病院に勤めていたお医者さんだったが、一年ほど前に定年退職をしたと聞いた。長年第一線で働いてきた医者には隠居生活が暇なのか、退職以来ほとんど毎日、『ふじ屋』の開店と同時に姿を見せる。

「ねえ、やっぱ四分はムリだって」

「四分が限界だ」

「いいじゃんか」

兄はふてくされた様子で、大きな声を出した。

「ダメだ」

「ケチくさ」

兄が捨てゼリフを吐き、丼を持ってふさがった手の代わりに足で乱暴に戸を開け、外に出ていった。取り残された弟は、きゃはは、と陽気に笑いながら「ケチケチ星人！」と叫び、兄を追った。後には、なにが起こったのか事態を飲み込めていない、白髪頭の客が残されていた。稔は顔を強張《こわば》らせて頭を下げる。

「すみませんね、村上先生」

「もう医者じゃないんだから先生はやめてよ、大将。哲雄でいいよ」

「いや、そういうわけにも」

「それより、子供に丼なんて渡してどうするの？」

「病室まで運ぶ練習をするから、丼を貸せと譲らないんです」

「運ぶ練習？」

「出前をしてくれって言われたんですけどね。断ったら、じゃあ自分たちで運ぶからって。それも、麺が伸びちまうんで無理だ、って言ったんですけど、どうしても、とね」

「四分以内ならいい、って言ったのかい」

「まあ、到底無理だと諦めてくれればと思いましてね。昔みたいに、うちで出前が出来りゃよかったんですが」

『ふじ屋』は元々、稔と妻の志穂里《しほり》の夫婦で切り盛りしていたラーメン店だった。店を出した当時は目の前の国道もまだ交通量の少ない狭い道で、医師や職員、病院食に飽きた患者から出前を頼まれて志穂里が持って行くこともままあった。だが、十五年ほど前に道路の拡張工事が行われてからは、岡持ちを持ってひょいと渡れるような道ではなくなってしまった。その上、肝心の志穂里も数年前に癌《がん》を患って他界し、今は稔が一人で店を続けている。当然、店を空けて出前に行くことなど、どうやってもできなくなった。

「無茶して怪我《けが》でもしないといいけどねえ」

「危ねえことはするな、とは言ってあるんですが」

稔は哲雄がやってくると、注文も聞かずに麺を茹で始める。哲雄は哲雄で、なにも言わない。頼むものは決まっているし、毎日のことだ。もう、言葉を交わさなくてもお互いに暗黙の了解ができている。

稔は麺箱から麺を一玉摑《つか》み出し、ほぐしながら茹で釜の熱湯に落とす。蒸気を吹き上げながら激しく対流する湯の中で麺が泳ぎ始めると、丼に茹で湯を注いで温め、ねぎを刻み、叉焼を塊から薄く切り分ける。麺が茹で上がる直前に丼の湯を捨て、醬油ダレと香味油を適量入れる。寸胴《ずんどう》から、丸鶏《まるどり》を丁寧に炊いて作った黄金色の透き通ったスープを注ぐ。麺上げは、今はあまり使う人のいなくなった平網を愛用している。テボと呼ばれる籠状の網に比べて使いこなすのに技術がいるが、平網を使った方がしっかりと湯が切れるし、大量の湯で泳がせるように麺を茹でられるので、表面についた打ち粉のヌメリがとれて麺の切れ味が格段によくなるのだ。

釜から麺を器用に掬い上げ、ちゃっちゃ、と音を立てて湯を切る。黄金スープの中で麺を丁寧に返して馴染ませ、刻みねぎ、叉焼、硬めの茹で卵、やや濃い味つけのメンマ、ナルト、海苔《のり》を添え、満を持してカウンターに置く。基本の中華そば、五百五十円だ。

「中華そば、お待ちどおさまです」

志穂里が店に立っていたときは、これでもかというほど威勢のいい「お待ちどおさま！」の声が店内に響いていたが、今は稔のややかすれた声だけだ。味には自信があるが、店の居心地は昔に比べて悪くなっただろうな、と、稔は客に引け目のようなものを感じてしまう。

大学病院にいた頃からの常連ではあったが、退職してもなお哲雄が足しげく『ふじ屋』に通ってくれるのは、ラーメンの味を気に入ってくれているだけではなく、志穂里を失った自分を案じているのだろうな、と、稔は思っている。もしくは、志穂里を救えなかった、という悔いが、哲雄の中にあるのかもしれない。当時、哲雄は志穂里の主治医だったのである。

この頃、店を閉めてしまおうかと稔はよく思う。哲雄のような常連客がいないわけではないが、大行列ができるような店でもない。すっと消えてしまっても、惜しむ人はそう多くないだろう。年々、自分の気力が萎えていくのがはっきりわかる。疲労感。徒労感。そういったものにとらわれて、客に「ウマいラーメンを食べさせたい」と思えなくなったとき、稔の職人としての人生は終わる。それは決して遠い未来の話ではないという予感がする。

「いつもながら、旨いねえ」

「ありがとうございます」

スープをひと啜りした哲雄が、顔をほころばせた。稔は、少しほっとしつつも、自分の胸の内を見透かされたような気まずさを感じて、咳払《せきばら》いをした。

「おチビちゃんたちは、ラーメンを誰に持って行こうとしているんだろうね」

「さあ。家族だとは思うんですけどね。大学病院に入院中なんでしょう」

「持って行ってもらったらいいじゃない。大将のラーメンはね、なんか気持ちがふっくらしてさ、滋養になるんだ。心のね。食べると頑張ろう、って気にさせてくれる」

「そうであれば嬉《うれ》しいんですがね。今は、病室まで持って行こうとすると、どうやっても十二、三分かかっちまうんですよ」

「そっか。難しいね、それじゃ」

店内には、「〝麺固め〟のご注文はお断りします」との貼り紙がしてある。透明なスープにくぐらせる麺は、中心にしっかりとコシを残しながらもスープをしっかりと纏《まと》うよう、絶妙な茹で加減に仕上げている。それは、稔の職人としての研鑽《けんさん》の証《あかし》でもあるし、譲れないこだわりでもあった。

「うちの麺だと、固茹でにして頑張っても、四分ですね」

「四分？」

「出前のお客さんが、一口目を啜って、ウマい、と思える限界の時間ですよ」

「でも、ここから病室までじゃ、四分は無理だろうね。特に、子供の足では」

「そうですね」

「多少味に納得いかなくても、妥協してあげたらどうだい」

稔は、うん、と唸《うな》ったが、静かに首を横に振った。子供たちにどれほどの事情があろうとも、それはできない、という明確な意思表示のつもりだ。

「ぬるいスープにふやけた麺じゃ、食ったところで心の滋養になりっこないですから」

「そっか。そうだね」

3

ふざけんなよ、と、カズキがハルキの頭をひっぱたいた。叩かれたハルキは、一瞬真顔になった後、衝撃に驚いたのか、うわあん、と声を上げて泣き出した。生意気にやり返してこようとするが、その度にカズキは手ひどい一発をお見舞いする。ハルキがぎゃんぎゃんと泣き叫びながら抗議してくるが、カズキはふん、と鼻で一蹴し、お前が真面目にやらないからだぞ、と、自分の正当性を主張する。

「まじめにやってるよお」

「やってねえよバカ。みろ、おまえ全部こぼしてるじゃんか」

カズキは、ハルキの持っているお盆を指差した。お盆には水の張ったラーメン丼が載せられていたが、大半がこぼれてしまっている。

「しょうがないじゃんかあ」

「しょうがなくねえんだよバカ」

「バカバカいわないでよお」

「バカにバカって言ってなにが悪《わり》いんだよ」

じゃあ、カズくんがやればいいよ！　と、ハルキがお盆をずい、と突き出してくる。

「じゃあ、おまえ計っとけよ」

カズキは持っていたストップウォッチをハルキに放り投げた。もう、カズくん投げないでよ！　と、ハルキは憤りながらも嬉々《きき》としてストップウォッチを受け取る。

ハルキが歩道橋の向こう側に渡って、よーいどん、と叫ぶ。同時に、カズキはお盆を持ったまま歩道橋の階段を駆け上がった。丼の中の水をなるべく揺らさないように進まなければならないのだが、これがかなり難しい。どうしても水はゆらゆらと揺れ、それが気になって足が止まる。特に難しいのは下りだった。

「二ふん十五びょう！」

カズキが歩道橋の反対側に辿《たど》り着くと、ハルキが絶望的なタイムを読み上げた。前に比べればマシになったが、歩道橋を渡るのに二分以上もかかってしまっていては、「病室まで四分」なんか到底ムリだ。

カズキがラーメンを大学病院の病室に届けるためには、いくつもの障害を乗り越えなければならない。ラーメン屋を出て、すぐ目の前の歩道橋を通って広い道路を渡り、大学病院の敷地内に入る。正面を真っすぐ突っ切って入院棟の通用口に駆け込み、エレベーターを使って三階まで行く。そこから廊下を突っ走った先に、ようやくゴールの病室がある。丼を持たずにカズキが全力疾走して、運よく五、六分、というところだ。四分を切るには、少なくとも歩道橋を一分以内に渡りきらなければならない。

「ムリじゃん」

カズキの真似《まね》をして、ムリじゃん、と、ハルキがゲラゲラ笑いながら連呼する。だまれよ、と、カズキがいら立つが、ハルキは笑うのを止《や》めない。カズキはいよいよ我慢ならなくなってハルキを蹴飛ばした。ハルキがひっくり返って、背中から植え込みに突っ込む。

「こら、やめなさい」

火がついたようにハルキが泣き出すのと、知らないジイサンが歩道橋を慌てて下りながら声をかけてきたのが、ほぼ同時だった。

「あんたに関係ないだろ」

「関係ないことないさ。おじさん見ちゃったからなあ」

ハルキに駆け寄って抱き起こそうとするジイサンを、カズキはにらみつけた。よく見れば、さっきラーメン屋に入ってきた白髪頭のジイサンだ。調子のいいハルキは、両腕を伸ばして見ず知らずのジイサンにすがりついている。カズキは、ちっ、と舌打ちをした。

「関係ないじゃん」

「誰に届けるんだい、ラーメン」

ジイサンはハルキを抱き起こしながら、カズキに話しかけてきた。だが、パパだよ、と、カズキより先にハルキが答える。パパがね、らーめん食べたいんだって。パパはね、前より痩せちゃったんだあ。などと、べらべらしゃべるハルキに、カズキは余計なことを言うんじゃねえ、と視線を送った。

「お父さんはご病気なの？　怪我？」

「病気」

今度はカズキが答えた。

「そうか。よくなるといいよねえ」

「たぶんさ、死ぬよ」

さらりと口にしたつもりだったが、予想以上に胸がずきりと痛んだ。それでも、カズキは表情を変えまいと背中に力を入れる。変に同情されるのは嫌だった。

「そういうことは言うもんじゃない」

そうだよカズくん、と、ハルキがジイサンの陰に隠れて同調した。

「だってさ、パパ、来週からかえってくるっていってたじゃんかあ」

「家にかい？」

「一般病室」

ハルキに代わって、母親が使っていた言葉をそのまま、カズキは口に出した。

「今は別のところにいるの？」

「よくわかんないけど、オレらは入っちゃいけないって言われるとこ」

でも、一般病室に戻ってくるならよかったじゃないか、とジイサンが言うと、ハルキはまた、そうだよお、いっぱい遊んでもらうんだあ、と、はしゃいだ。

「じゃあ、お祝いでラーメンを届けるの？」

「うんそう。でもさあ、ケチケチ星人がさあ、四ぷんでもってかないとダメっていうからさあ、カズくんとれんしゅうしてるんだよ」

おまえはなにもしてねえだろ、と、カズキは口を尖《とが》らせた。ハルキは幼すぎて、はっきり言って戦力にならない。

「カズくんがね、ここまでくるのに、二ふんもかかるんだよお！」

「うっせえな。おまえがやったら、中身こぼしまくって、五分もかかっただろバカ」

ハルキが、バカっていうな！　と憤る。

「もうさあ、ぴゅーっていって、ぴゅーっておりてこないとムリだよね」

ムリって言うんじゃねえよバカ、とカズキが言うと、バカっていうな！　とハルキが地団駄を踏んだ。ジイサンが、困り顔で、こらこらやめなさい、と余計なことを言う。

4

村上圭介《けいすけ》は、うんざりした顔で母親の小言を聞き流していた。三十過ぎの男をつかまえて、やれあれがダメこれがダメ、とまくし立て、二言目には「心配だ」と言う。母親という生物は、それが男のプライドをどれほど傷つけるか何故《なぜ》に考えが及ばないんだ、と圭介は嘆く。おかげで、自分は本当に生きていてもよいのだろうかと、些細《ささい》なことで悩む癖がついてしまった。うるせえだまってろババア、などと口汚く一蹴するくらいの度胸が欲しかったが、それが「若気の至り」と許される年齢はとうに過ぎてしまった。

「だからあなたね、いい加減ちゃんとお父さんと仲直りしなさい」

「もうさ、そういうのはナシでよくねえかな？」

「なしでって、そんなわけにいかないでしょう、家族なんだから」

「いやほら、ちょっとダリぃしさ、正直」

「だるい、って、なんでそういう冷たいことを平気で言うの？　家族なんてどうでもいいってこと？」

「いや、そうじゃなくってさ。なんかノリが重てえってかさ。もっとこう、軽めでいいんじゃね？　って思うんだよね。親父《おやじ》イェー、俺は俺、みてえなさ。なんでもかんでもクソ真面目じゃ、人生つまんないじゃん」

「今さら軽くなんかなれるわけないじゃない。真面目にやってきたんだから」

なんで俺はこうなったんだろねェ、と圭介が鼻で笑うと、母親はクソ真面目に、ほんとよ、とうなずいた。そこはそう返すところじゃねえんだよマジで、と圭介はため息をつく。

「マジで、じゃないわよ。いつまでもふざけてないで、ちゃんとしなさい」

ちゃんと、ってなんだよ、と圭介は吐き捨てる。

俺なりに、ちゃんとしてるつもりなんだけど。

相変わらず、実家の居心地は最悪だった。玄関に入った瞬間から自分を否定され、心が休まる暇もなく、やれ就職だ結婚だと責め立てられる。予想はしていたものの、予想通りすぎてため息が出る。

村上家の中で、圭介は一人特殊な存在だということは間違いない。父親と同じように医師になった出来のいい兄や、一流大を出て弁護士になった姉と比べると、夜はショットバー経営、昼間はプロスケートボーダー、という圭介は、フラフラ遊びまわっているドラ息子にしか見えないらしい。医者や弁護士の社会的ステータスの高さは百も承知だが、それでも親に迷惑をかけない程度に稼いで、しっかり独立しているのだ。もうちょいリスペクトがあったってよくねえか、と圭介は思っている。

小さい頃から、兄と姉にはなにをしても勝てなかった。学校の成績は言うまでもなく、容姿にしても、地頭の良さも、兄と姉は圭介よりはるかに優れていた。いつも比べられながら育ち、毎日が挫折続きだった。だが唯一、圭介が二人に勝てたものがある。

それがスケートボードだった。

圭介が十歳のとき、当時、周囲でプチ流行していたスケートボードを友達の兄から譲り受けた。いつもはテニスでもピアノでも小器用にこなす兄や姉が、何故か〝スケボー〟だけはろくに乗りこなすことができなかった。だが、圭介はすぐにコツを覚えて、あっという間に簡単な技《トリック》を成功させるようになった。兄と姉は、すぐに「くだらない」とスケボーに見向きもしなくなったが、圭介はいつまでも飽きず、出かけるときはいつもボードと一緒だった。

ようやく見つけた自分の得意分野にしがみついて生きているうちに、もう二十年以上ボードに乗っていた。収入は雀《すずめ》の涙程度ではあるが、いつからかスポンサーがついて「プロ」と名乗れるようになった。今ではもう、業界ではかなりのベテランだ。最近はオリンピック競技になったこともあって、スケボーを教えてほしいとやってくるキッズも増えている。圭介を「レジェンド」などと言っておだてながら付き合ってくれる仲間たちもいる。それが圭介の選んだ道だった。

だが、圭介がいくら自分の道を真っすぐ進んでも、父親のお気には召さないようだ。

実家での用事を済ますと、圭介は父親の帰りを待たずに、帰る、とだけ言って外に出た。母親は、泊まっていけば？　と言ったが、断った。正面切って父親と話すのは、気が進まなかった。もはや文化が違いすぎて理解し合うためのとっかかりすらないのだ。決別したわけではないが、父親が自分を認めることは今後もないだろうし、自分が父親の思うような人間になることもできないだろう。圭介の中には、そんな焦燥感が澱《おり》のように積もっている。

スニーカーの紐《ひも》を縛って、立てかけておいた商売道具を手に取る。玄関を出てボードを転がし、デッキに飛び乗った。ダウンジャケットのフードをかぶり、咥《くわ》え煙草《たばこ》をしたまま片足で地面を蹴って、プッシュする。体が風を切る感覚には慣れているはずなのに、今日はなんだか落ちつかなかった。

「おい、圭介か」

声をかけられて、圭介は思わず、うわマジか、と顔をしかめた。進行方向正面に、運悪く父親が立っている。デッキから降り、テールを蹴ってボードを撥《は》ね上げ、抱え上げる。何故だかはわからないが、悪い事をしていたところを見咎《みとが》められたような気分だった。

「ま、またラーメン屋帰り？」

「そうだ」

「毎日ラーメンは、体に悪ぃんじゃね、さすがに」

「いたって健康だよ。お前、またそんな格好をしているのか」

「まあ、うん。かっこいいっしょコレ。このウェア、俺がプロデュースしててさ」

「よくわからんが、いつまでチャラチャラ遊んでるつもりだね」

父親はにこりともせずにそう言い放った。だよね、と、圭介はへらへらした笑顔を浮かべ、こんなんでスンマセン、と謝った。もう慣れているはずなのに、毎度情けなく落胆する自分が嫌だった。

「わかってもらえねえかもしんないけど、これも仕事なんだよ」

テレビに出ることもあるし、雑誌にも結構載ってんだけどね、と言おうとしたが、どうせ面倒臭くなるので止めた。

「仕事っていうのは、誰かの役に立つことじゃないかね。そりゃ、お前はその、スケートボードってやつが人より上手《うま》いのかもしれないが、それが直接的にでも、間接的にでも、誰かの役に立つのか？」

まあ、役に立ってるかって言われたら微妙だけどさ、と圭介はまた顔を引きつらせた。と同時に、自分の卑屈さに涙が出そうになる。本当は、見もしねえで言うんじゃねえよ、と叫んでやりたかった。あのさ、どんだけ俺がすげえことやってきたか、わかってんの？ 世界中で俺にしかできねえ技だっていくつもあるんだぜ？ 胸の中にぐりぐりとつっかえる言葉を、どうしたら自信を持ってぶつけられるのか、誰かに教えてほしいとさえ思った。試合中、失敗すれば大怪我をする可能性のある技をいくつも決めて、「メンタルモンスター」と呼ばれることも多いのに、父親の前に立つとどうしてもダメだ。

「いやでもさ」

「でもじゃない。いい加減、ちゃんとした仕事をしなさい。もういくつだ、お前」

「あー、うん。もういいってマジで。そういうの」

だいたい、「ちゃんと」ってなんなんだよ、と圭介は吐き捨てた。父に聞こえないように、小声で。

5

「たぶん、もう長くないんじゃないだろうかね」

村上喜美《きみ》は、夕食後の茶を淹《い》れながら、夫の一言に手を止めた。圭介がいればもう少し食卓も賑《にぎ》やかだったのに、という思いを、慌てて頭から振り払う。

「でも、一般病室に戻られるんでしょう？　その子たちのパパ」

「私の勘だけどね、きっと手の施しようがなくなって、一般病室に戻されることになったんだと思うんだなあ」

夫が昼間の出来事を話すのは、何年ぶりだろう。昔から家の中では寡黙で、無駄話はしない性格だった。昼間出会ったという子供たちのことが、よほど気になるらしい。夕食の最中も、哲雄はどことなく上の空だった。

「どうしてそう思うんです？」

「目だよ。あの子の目が、そう思わせるんだねえ」

「そんなに必死な顔をしてらしたの、その坊ちゃんは」

「あれはね、決意、だと思うんだなあ」

「決意、ですか」

「悲しみに沈んだ目だったよ。そして、確固たる意志に満ちていてね」

哲雄はさびしそうな顔をした。昔からそうだ。哲雄は、医師としては繊細すぎる。人の死や悲しみに敏感なのだ。そのために、幾度となく病院側とぶつかったし、自身も思い悩んで体を壊したこともあった。喜美は、夫の医師としての清廉さ、ひたむきさには尊敬の念を抱くばかりだが、妻としてはいちいち心配しなければならないのでため息ばかりだ。定年を迎え、ようやくのんびりできるかと思えば、やっぱり哲雄は誰かのことを考えていて、自分になにかできることはないかとそわそわしている。

「届けられるといいわねえ、ラーメン」

「なかなか難しいだろうねえ。なにしろ小さい子供だし」

哲雄はそう言ってため息をついた。

「手伝ってあげたらいいじゃない」

手伝って、って、私がかい？　と言いながら、哲雄の目つきが明らかに変わった。喜美は、また始まったわね、と、心ひそかに笑った。

「でもねえ。私なんかになにができるだろうか」

「病院のお知り合いに電話してみたらどうかしら。もしかしたら、手伝ってくださるかもしれないじゃない？」

「いや、でももう部外者だからねえ、私は。病院にはほら、守秘義務ってものがあるし」

夫が、うん、と、唸るのを見て、喜美は思わず噴き出した。

「なにか変なことを言ったかな?」

「だってあなた、患者さんのためならって、今までどれだけ規則破りしてきたのよ」

なにを今さら、と、喜美は夫の悩みを笑い飛ばした。そっか、そうだね、と、哲雄も気恥ずかしそうにうなずく。

6

茹で釜の中で踊る麺の動きを、稔はじっと見つめていた。麺は生き物だ。温度や湿度、使われた小麦の質によっても、日々、その動きや色艶は変わってくる。今、この場における最高のタイミングを見逃すまいと、稔は平網を手にして、しばし湯気の奥に意識を集中させた。

今だ、と思った瞬間に、釜に平網を差し入れ、一人分の麺を掬い出す。いつもより早め。麺に芯をほんの少しだけ残し、スープの熱で最後の一押しを茹で上げる。出前向けの麺上げは、実に十五年ぶりの感覚だった。だが、しっかりと手が覚えている。

出前をしてしまうと、出来立てに比べてラーメンの味は当然落ちる。だが、向かいの病院で、忙しい中でもラーメンを食べたいというお客さんからの「切望」に応えるために、当時の稔は研究を重ねた。お客さんがラップを取り外し、箸を割ってレンゲでスープをひと口飲んだとき、「ウマい」と思ってもらえるギリギリいっぱいの状態はどこまでか。これが「自分の味」と言いきれる、職人としての意地を保てる限界はどこか。

麺は、普段使用しているものよりわずかに太い出前用特注麺を使う。今日は、製麺所に頼んで、久しぶりに用意した。茹で上げは、その日の天候によって二分三十秒から二分三十五秒の間。そして、出前時間は最長四分間死守。これが、孤高のラーメン職人である、稔の出した答えだ。

そして、今は亡き妻が、ようやく味に納得してくれた答えでもある。

稔はラーメンを仕上げ、予《あらかじ》め切り出してあるラップを二枚重ねにして丼に被《かぶ》せた。木のお盆に載せて、急いでカウンター外に回る。入口では、緊張で顔を強張らせた少年が一人、ラーメンの完成を待っていた。残念ながら、昔使っていた岡持ちはもう残っていない。一杯分をお盆で運ぶしかない。

「いいな、四分だぞ、坊主」

少年がこくんとうなずく。稔がカウントの始まったストップウォッチをお盆に載せると、少年は勢いよく店を飛び出していった。実に十五年ぶりの、四分間出前開始だ。

——はいよ、四分ね！　わかってるよ！

肥えた体を揺らしながら出前に出ていく志穂里の後ろ姿が見えた気がして、稔は思わず天井を見上げた。子供にこんなことをさせるなんて自分らしくもない、と、思いつつ、ほのかに胸が躍るのが妙におかしくて、稔は独り、笑った。

＊　＊　＊

ラーメン屋のオッサンから手渡された丼は、ずしりと重く感じた。揺らさないように気を配りながら、カズキは歩道橋を駆け上がる。こぼしたらどうしよう、という緊張で手が震えたが、それも最初だけだった。

少し前のことだ。父親の手術が長引いて病院の仮眠室に泊まることになった日、いつもとは違う天井が気になって思うように眠れず、カズキは夜中に目を覚ましてしまった。隣ではハルキが口を開けて、無邪気な寝顔をさらしていた。呑気《のんき》な顔にいら立ってひっぱたいてやろうかと思ったが、うるさくなりそうなので止めた。

カズキはすぐに、隣のベッドに寝ていたはずの母親の姿がないことに気づいた。カズキは弟を起こさぬようにそっと部屋を抜け出し、廊下に出た。緑色の非常灯がてかてかした床に反射していて、静かだった。廊下の少し先には長椅子があって、母親はそこに腰かけていた。

ママ、と声をかけようとしたが、その瞬間、母親の空気を切り裂くような声が聞こえてきた。どこか痛いのか、と思ったが、そうではなかった。いつも笑顔を絶やさない母親が、まるでハルキみたいにわんわんと声を上げて泣いている。カズキは自分の立っている床がバラバラと崩れて、真っ暗な闇に放り出されたような気分になった。とても、声などかけることはできなかった。

翌朝、母親はいつもの「ママ」に戻っていた。昨日の夜の出来事はカズキの夢だとでも言うように、にこやかに、おはよう、と微笑《ほほえ》んだ。

「来週ね、パパ、一般病室に戻ってくるんだってさ」

やった！　と、ハルキが飛び跳ねる。

「戻ってきたらね、好きなものを、好きなだけ食べていいんだって。栄養士のお姉さんがね、さっき言いに来てくれたんだよ」

じゃあ、らーめんだね！　と、ハルキが笑った。母親は、そうだねえ、と言いながら、つられて笑った。

「ずっと、窓の外見ながら食べたい食べたい、って言ってたもんね」

ガラスに囲まれた父親の病室からは、『中華そば』と書かれた赤い暖簾がちょうど見下ろせるのだという。だが、カズキはガラスに隔てられた病室には入れてもらえない。備えつけの棚の上によじ登って、ようやくガラス越しに父親が見ている風景を、少しだけ見ることができた。めまぐるしく車が行き交う国道の向こうに、なんと書いてあるかよくわからない、赤い暖簾が見えた。

夜の母親の様子から、カズキは、パパはきっともう死ぬんだ、と思った。そう思ったとき、真っ先に胸をいっぱいにしたのは、悲しみでも不安でもなく、ラーメンを食べさせてあげたい、という気持ちだった。パパが一番大好きなラーメンを食べれば、奇跡が起こって、病気が治るかもしれない。もりもり元気が出て、体力が戻って、すぐに病気も吹っ飛ばせるに違いない。カズキは、そう信じることにしたのだ。

今はとにかく、目の前の歩道橋を駆け上がることに集中だ。何度も練習して、階段より自転車用のスロープの方が速く走れることに気づいた。寒さで鼻水が垂れてきそうになったが、細かいことを気にしている暇はなかった。すれ違う人の視線も、息苦しさも、どうでもよくなった。早く運ばなきゃ。ラーメンが熱いうちに。それだけが、カズキの頭の中を支配していた。

「おい急げ、ガキんちょ」

歩道橋のてっぺんには、もこもことしたジャケットを着込んだ、怖そうなオジサンが待っていた。もつれそうになる足を無理矢理引っ張り上げて、お盆を前に突き出す。

「こぼすなよ！」

オジサンは、ガキのくせに変なプレッシャーをかけるんじゃねえマジで、と情けない声を出しつつ、しっかりとお盆を受け取った。渡す瞬間、ちらりと見えたストップウォッチのタイムは、大幅な記録更新だった。カズキは弾む胸を抑えながら、やった、と笑った。

＊＊＊

――おい圭介、人の役に立て。

急に電話がかかってきて、開口一番、父親は圭介にそう言い放った。「四分間」「出前」というおおよその事情は聞いた。目標時間達成のために、圭介のスケボーが必要になったのだという。当然、気乗りなどしなかった。なんだそりゃ、都合のいいときだけ偉そうに、とさえ思う。

それでも、わかったよ、と引き受けたのは、父親に自分の姿を見せつけてやろうと思ったからだった。正直言って、子供だのラーメンだのは圭介にとってはどうでもいい。父に貸しを作っておけば、今後少しは小うるさく言われることもなくなるだろう、というくらいの思いだった。

だが、いざ引き受けてみると、その子供とやらが、思った以上に必死の形相で真っすぐに歩道橋を駆け上がってきた。寒さに負けまいとするように、頬が真っ赤に染まっている。鼻水も垂れている。圭介は体中が粟立《あわだ》つのと同時に、あまりにも小さい理由で参加してしまったことに後悔していた。

父から聞いた自分の役割は、簡単なものだった。歩道橋の上まで子供がラーメンを運んでくる。子供の走力では限界があるので、代わりに圭介がラーメンを受け取り、スケボーで一気に歩道橋を横断して時間短縮をする。反対側に着いたら、ボードだけを歩道橋の上から滑り落として、下に待ち受ける父がキャッチする。圭介はえっちらおっちら階段を下りて再びスケボーを受け取り、大学病院の通用口まで漕《こ》いで届ける、という流れだ。普通に走るよりは速いかもしれないが、それでもギリギリ間に合うかどうかというラインだ。

ラーメン丼は、思った以上に重かった。子供から渡されたお盆を片手で持ち上げてバランスを取ると同時に、地面を蹴ってスケートボードをフルプッシュする。がーっ、と派手な音を立てて、ボードが前に進む。速度を緩めることなく、突き当たりでフロントサイドに九十度ターンする。目の前には、急角度のスロープが待っている。

行くぜ、と圭介は腹に力を込めた。片手にラーメン丼を載せた状態で、自転車用のスロープを滑り下りるのだ。離れ業なのは間違いないが、歩道橋の下に父親が陣取ると聞いた瞬間に、目の前で派手にキメてやろうと思っていた。だが、今は目的が少し違う。目標の四分を達成するために、一番肝になるのがこの歩道橋の上り下りだ。よちよち駆け下りるより、滑り下りれば相当な時間短縮になる。片手がふさがった状態での滑走は難しいが、難しいことをクリアするためでなければ、自分がここにいる意味などない。

「おい、圭介！　無茶するな！」

父親の声が下から聞こえてくる。

ラーメン出前四分間なんて無茶を言い出したのは、そもそも親父だろうが。

口を開くと、思いの外、大きな声が出た。そのまま躊躇《ちゅうちょ》することなく、膝をやわらかくして傾斜に入る。傾いたボードは、狭い自転車用スロープを、勢いよく滑り下りる。

「うっせえな！　見とけ！」

あっという間にアスファルトの歩道が迫ってくる。地面の角度が変わる寸前で、圭介はボードごとふわりと飛んだ。足に吸いついているかのように、ボードも一緒についてくる。そのまま膝で勢いを殺しながら着地し、すぐさま大学病院に向かえばいい。

だが、着地の衝撃で右手のお盆がバランスを崩した。アブねえ、と思った瞬間、心臓がズキリと縮む。左手を添えて倒れそうなお盆を支え、無理矢理バランスを取ろうと試みる。だが、ボードはコントロールを失って吹っ飛び、ひっくり返りながらアスファルトの歩道を転がっていく。なんとか着地しようとした結果、右の足首が変な角度で地面に着いた。それでも、全力で踏ん張ったおかげで、転倒は免れる。事前に練習をしたときには失敗はしなかったが、異様なプレッシャーに負けた。あのガキんちょめ、と圭介は舌打ちをした。

足首に走った痛みは捨て置いて、咄嗟《とっさ》に丼を見る。湯気で曇ったラップの中で、スープがゆらゆらと揺れていた。額からどっと汗が噴き出す。手術室で患者の体にメスを入れるとき、親父はこういう思いだったんだろうか、と圭介は思った。誰かになにかを託されるプレッシャー。人の役に立て、と口癖のように言う父親は、それだけ人の命を背負ってきたのかもしれない。俺はメンタルが弱《よえ》えな、と、圭介はため息をついた。

「圭介」

父親が圭介の様子に気づいて、駆け寄ってきた。見とけ、とまで叫んでおいてこのざまだ。痛みで足の踏ん張りが利かない。父親から「無理しやがって」「調子に乗るな」などと言われるのかと体を硬直させたが、圭介がなにか言う前に、父親は「お前、すごいな」とつぶやいた。瞬間、体中からどっと力が抜けた。

圭介が、お盆を差し出す。もう、四分は無理かもしれない。いや、無理だろう。圭介がフルプッシュするスケボーと、ろくに運動も配膳もしたことのない父親のヨチヨチ歩きでは、スピードが違いすぎる。だが、父親はそれでもラーメンを持って、病院の敷地に向かって脇目もふらずに走り出した。

足が痛《いて》えよマジで、とぼやきながらも、圭介は父親の背中を見送る。そして、諦めの悪い親父だな、と、笑った。

＊　＊　＊

圭介からお盆を受け取るなり、哲雄は全力で走り出した。だが、走り出したといっても、この歳までろくに運動をしたことがなく、家事も妻任せで料理など運んだ経験がない。ラーメンが激しく波打ちそうになって、おっとと、と、足がすぐに止まりそうになってしまう。

圭介の状態は心配だったが、今はとりあえずこのバトンを繋《つな》ぐことだけを考えるようにした。予想外の展開になったが、圭介の離れ業が奏功して、タイムは大幅に短縮できている。だが、それも裏目に出てしまった。圭介のスケートボードがなければ、四分以内の出前達成は、ほぼ不可能だ。とはいえ、息子を責める気はない。自分が言い出して、任せたことだ。その結果は、自分に責任がある。

たとえ無理でも、それでも。

——哲雄さんね、ラーメン持って全力で走るじゃないっすか。

——そこでこう、ガッ、と止まるとダメなんすよ。慣性の法則ってのがあるんで。

——だから、俺は止まるときこう、スッと円を描くんすよ。沈み込みながら。

——そうすると位置エネルギーの喪失と遠心力への変換で慣性が中和されるんすよ。

——こう、スッとね。

実は、四分間計画の立案にあたって、哲雄はとにかく「速い」池田に助言を求めていた。表現の仕方は独特だったが、早く走るコツより、「急ぎすぎてスープをこぼしては意味がない」という当たり前のことに気づかせてもらったのが収穫だった。そこで、走るより揺れが少ないと思われる、圭介のスケートボード利用を思いついたのだ。

だがこうなってしまうとむしろ、走り方や体力のつけ方でも教わっていればよかったかもしれない。ほんのわずかな距離を走っただけで、哲雄の足は思うように動かなくなる。辿り着かなくてはならない通用口は、果てしなく遠くに見えた。ちらりとストップウォッチを見る。残りは一分半。間に合わない。

その瞬間だった。びゅん、という音がして、哲雄の横をなにかが通り過ぎていった。そして、数メートル先で、沈み込みながら円を描くように、見事な方向転換をする。この寒いのに、今日も白のランニングシャツ一枚。哲雄を追い抜いたのは、池田だ。

「い、池田君！」

「どこまで！」

「ど、どこ」

「どこまで走るんすか！」

「ま、真っすぐ先の、通用口に！」

池田は筋肉が盛り上がった腕でひったくるようにお盆を受け取ると、「お任せあれ」と残し、猛然と走り出した。あっという間に背中が遠ざかっていく。とんでもない速さだ。音速は無理でも、「出前二百メートル走」という種目があったなら、池田はきっとメダリストになれるだろう。

池田の後ろ姿を見送ると、哲雄はすぐさまきびすを返し、またよたよたと走り出した。息が切れて苦しいが、仕方がない。転倒した息子を放って来てしまった。

哲雄は、スロープを滑り下りる瞬間の息子の顔を思い出した。息子が〝スケボー〟の競技に参加している映像は何度も見たことがあるが、自分の命を顧みず、危険を楽しむかのような表情をすることに哲雄は嫌悪感を抱いていた。命に鈍感であることは競技に必要なことなのかもしれないが、一歩間違えば、その恍惚《こうこつ》は息子のすべてを奪う。親として息子の人生を思えば、どうしても容認できるものではなかったのだ。

だが、あの瞬間。息子の顔はほんのわずか、恐怖にひきつった。スケートボードに乗ったままスロープを滑り下りてくるという芸当は、息子にとってさほど難しいことではないようだ。にもかかわらず、息子は恐怖した。命を背負ったのだ。自分の命だけではなく、あのラーメン一杯に乗せられた、人の命への思いを。その重い命を背負いながら、それでもスロープを滑り下りたのは、「無謀」ではなく、「覚悟」であったに違いない。

ちょっとだけ、ちゃんとしたじゃないか。

たまには、ドラ息子の頭でも撫《な》でてやるか、と、哲雄は笑った。

＊＊＊

はっはっ、という自分の吐息だけが聞こえる。池田は腕に力を込めてお盆を固定し、真っすぐ前を向いたまま大地を蹴りつける。

ラーメン四分間出前の話は哲雄から聞いていたが、今日がその当日だということは知らなかった。以前、哲雄から聞いた中華そばの話が忘れられず、「主食はプロテイン」という己の信条を曲げて、トレーニング後に大学病院前の『ふじ屋』にやってきたのだが、ちょうど目の前で、一杯のラーメンを運んでいく子供と鉢合わせた。そこから、興味半分で経緯をこっそり見守っていたのだが、歩道橋の向こうでトラブルが発生したのがわかった。哲雄の息子だというスケボー君が、無理をして足をくじいたように見えたのだ。

ラーメンを携えて走っていく哲雄の背中からは、遠目にもわかるほど、焦りが噴き出していた。その瞬間、池田は空腹を忘れて、クールダウンしたはずの大腿筋《だいたいきん》に再び力を込めていた。

一瞬で歩道橋を渡りきり、よたよたと先行する哲雄に追いつく。勢いあまって追い越したが、出前のラーメンをひったくり、目標を定めた。

真っすぐ先の、通用口。

ゴールまで、おそらく二百メートル弱。大学病院の敷地は無駄に広い。お盆の上に置かれたストップウォッチを見ると、残り一分三十秒を切っている。建物に入ってからの余裕を一分残そうと考えると、約二百メートルを三十秒で走破しなければならない。二百メートルの世界記録は二十秒をちょっと切るくらいだ。もちろん、ラーメン抜きで。

高校の頃に出場した、インハイ決勝の舞台を思い出す。それは、当時の池田が絶対の自信を持って臨んだ大会だった。スタートから一気に先頭に躍り出て、あと数メートルで「音速のヒーロー」だ。「音速の貴公子」と「ヒーロー」。欲しい肩書が二つ一気に手に入る。そう思った瞬間、急に足がもつれた。正面から壁に激突したような気分だった。惨めに転倒し、俺より遅いやつら、と見下していた連中全員に抜かれた。ビリになったのは、人生で初めてのことだった。

以来、レースに出ると、ゴール寸前で壁のようなものが見えるようになってしまった。激突する、という妄想に陥って、ゴール前で極端に失速する。みんなに笑われていると思うと、心が折れた。いつしかスタートラインに立つことすらできなくなって、池田は陸上競技を辞めた。

「そろそろよぉ」

音速の壁を超えようぜ、俺！

通用口の入口が見えてくる。ゴールだ、と思った瞬間、目の前に壁が迫ってくる気がした。ぶつかる、と思って目を閉じる。急激に失速して、バランスを崩し、足がもつれて倒れる。いつもの負けパターンだが、今日はダメだろ、と、池田は歯を食いしばった。倒れたら、せっかくここまで運ばれてきたラーメンが台無しだ。

「こっちー！」

耳に飛び込んでくる声に、はっとして目を開いた。通用口の前、手を振る小さな子供の姿が見えた。その瞬間、迫っていた壁がすっと溶けて消えていった。壁をぶち抜く、ドッカーン、というすさまじい音はしなかったが、体が軽くなって、足がふわりと浮く。そのまま全身の力を抜いて、流されるままに足を出す。うまく慣性を殺しながら、子供の前に円を描くようにして滑り込んだ。子供にカッコ悪いところを見られるのは、ごめんだ。

「お待ちどおさん」

ラーメンのスープは激しく揺れて、端っこがラップを濡《ぬ》らしていたが、こぼれてはいなかった。入口では、四人の看護師がストレッチャーを待機させていて、まるで急患の到着を待ち受けているかのような臨戦態勢を取っていた。おそらく、哲雄が古巣の誼《よしみ》で頼んでおいたのだろう。

哲雄さん、結構やるねえ、と、池田は笑った。

＊　＊　＊

いいよおー、と、ハルキが合図をすると、周りを取り囲む大人たちが一斉に動き出した。ハルキは得意になって、わあー、と声を上げた。

ラーメンのお盆は重そうだけど、白いベッドの上に座って押さえるだけでよくて、らくちんだった。大きなエレベーターにベッドごと乗って、パパのいる三階にいく。すぐ隣にいるお兄さんが、あと何分？　と聞いてきたので、あと、三十五びょう！　と答えた。四人の大人たちが同時に、わ、ヤバイ、と言うので、ハルキはおかしくなって大笑いした。

パパはもう普通の病室に戻ってきているはずだった。三か月もガラスの向こうにいて触れなかったし、触ってももらえなかった。ラーメンを届けて、パパが食べ終わったら、三か月もがまんしたんだからさ、えらいでしょ？　いっぱい遊んで！　と言うつもりだ。

ねえ、パパよろこぶかなあ、とハルキが聞くと、一番優しそうな顔のお兄さんが、息をはあはあさせながら、そりゃあよろこぶよ、と言ったので、よかった、と思った。

三階。エレベーターのドアが開いた。ハルキは思いっきり、パパー！　と叫び、きゃっきゃと笑った。

7

午前十一時半きっかりに哲雄が『ふじ屋』の赤い暖簾をくぐると、「いらっしゃーせ！」という実に威勢のいい声が聞こえてきた。見れば、カウンターの内側に今日も池田が立っている。服装はいつものランニングシャツだが、衛生に一応の気を遣っているのか、エプロンをつけ、頭には白いタオルを巻いていた。

「まだやってるの？」

「まだもなにも、これからが俺の炎のラーメン職人伝説の幕開けっすよ、哲雄さん」

子供たちの出前を手伝った日、哲雄はささやかな祝勝会と称して、『ふじ屋』で池田にご馳走《ちそう》をした。池田ははじめ「俺、炭水化物はやっぱり」などと言って尻込みをしたのだが、いざ目の前に中華そばを出されると、ものの数分で一杯平らげ、続けざまに「雲呑麺《ワンタンメン》」と、丼に隙間がなくなるほど叉焼が敷き詰められた「肉そば」を注文して計三杯を胃に流し込んだ挙句、いきなりカウンターを飛び越えて稔にひざまずき、俺、今日から弟子になります、と言い出した。

それから数日、池田は本当に毎日通っているらしい。稔は面倒そうではあるが、時折、ぽつぽつと指示を出している。正式に従業員として雇い入れたのかは哲雄にはわからないが、池田がいれば、もしかしたら「四分間出前」が復活できるのではないかと期待したくなる。岡持ちを持って、全力で歩道橋を駆け抜けていく姿はさぞかし圧巻だろう。

哲雄が席に着くと、稔はいつも通りなにも聞かず、麺を茹で始める。池田はその間にねぎを刻み、叉焼を薄く切り分ける。意外にも包丁捌《さば》きは達者で、ねぎなどはさくさくと小気味良い音を立てて刻んでいく。

「池田君、料理なんかするのかい？」

「まあ、やるっちゃやりますね。独りモンですからね」

「意外だねえ」

「基本、鶏ササミとか、豚ヒレ茹でただけのヤツなんすけど、余分な脂肪とか筋が入ってるんで、切り落とさないとダメなんすよね」

「なんかパサパサしてそうだけど、それでご飯食べるのかい？」

「まさか」

池田は「主食はプロテインに決まってんすよ、哲雄さん」と真顔で答えた。

「方向性としては真逆じゃないのかね、ラーメン屋って」

「でもラーメン屋ほど俺の肉体を活用できる職場もなかなかないですよ」

ラーメンに足の速さなんて関係ないじゃないか、と、哲雄が言うと、池田は、いやいや、とばかり、思い切り首を横に振った。

「いいっすか、俺、見ての通り上半身もムッキムキなんすよ。この腕でこうやって、ガッ、って湯切りすると、一発でズバッ、と水分飛ぶんすよ。勢いが違うんで。それに、ちょっとパワー使えば、豚の大腿骨くらい素手で圧《へ》し折れるんで、スープ取るときに髄まで搾り出せますよね」

池田が無駄口を叩いていると、稔が迷惑そうに「どいて」とつぶやいた。長い柄のついた平網を動かして鮮やかに麺を掬い上げ、華麗に湯を切る。力だけではこれほど美しく麺は踊らない。

スープを張った丼に麺が飛び込んでくると、池田は具材を並べて、あっと言う間にラーメンを仕上げ、お待ちどおさん、と、威勢のいい声を上げた。

「なかなか手際がいいじゃない。ね、大将」

哲雄が麺を啜りながら稔に声をかけた。稔は、網で釜に残った麺のクズを拾い上げつつ、いやあ、困るんですよね、と、渋い顔をした。

「えっ、迷惑っすか、俺」

「いやね、そろそろ店を閉めようかな、と思ってるんですよ」

今度は哲雄も一緒に、えっ、と驚きの声を上げた。

「そんな、もったいない」

「そうっすよ、大将。俺、この間の出前で一気に音速超えたヒーローになっちゃったんで、ここが閉店したら、もうやることねえんすよ」

確かに速かったけど音速は言いすぎだ、と、哲雄は苦笑した。

「でも、決めたことなんでね」

「せめて、私が死ぬまでは続けてほしいなあ」

哲雄の一言を最後に、男三人の口が止まって、店内は静まり返った。静寂に間が持たなくなって哲雄が口を開こうとした瞬間、入口の引き戸がガラガラと音を立てて開いた。

反射的に池田が、いらっしゃーせ、と声を張り上げる。

「お」

見れば、件《くだん》の兄弟だった。兄は端整な顔に笑み一つ浮かべず、相変わらずむっつりとしている。弟は意外にも大人しくしていて、どことなくもの憂げな顔で兄の後ろにくっついていた。

「いらっしゃい」

稔は誰に対しても変わらない、ぶっきらぼうな一言を放った。

「今日はどうした」

稔によると、先日出前したラーメン丼は、二人の子の母親が返しにきたのだそうだ。

稔は深い事情は聞かなかったようだが、ラーメンは四分きっかりで届いたという。哲雄も、どういう事情があったのかは病院関係者たちには聞かなかった。病院には守秘義務があるのだ。哲雄がその義務を破れと言うわけにはいかなかった。ストレッチャーを用意してもらっただけでも、かなり無理をさせたはずだ。

突然やってきた兄は、背後でモジモジする弟を乱暴に引っ張り出すと、大きく息を吸い込み、せーの、と音頭をとった。

「あ、り、が、とうー、ご、ざい、まし、た！」

兄弟が、幾分バラつきながらもお礼を言い、深々と頭を下げた。稔は驚いた様子で目を丸くし、おう、と答えた。

「今日は、食っていくか」

兄が首を横に振る。

「忙しいんだ」

「忙しいのか」

「これから、引っ越しとかしなきゃいけないから」

哲雄は表情を強張らせて稔を見たが、稔は顔色を変えなかった。

「落ち着いたら、一度食いに来るといい」

「そうする」

おごり？　と兄は付け加えたが、稔は中華そば五百五十円、と返した。兄はケチくさ、とかすかに笑ったが、弟は表情を変えず、ケチケチ星人！　と言うことも、きゃはは、と笑うこともなかった。

「じゃ」

「元気でな」

子供たちが引き戸を開けると、床を這《は》うように外の冷たい空気が滑り込んでくる。哲雄は、おや、と、去り行く子供の背中に目をやった。表に出た兄が、外に立てかけてあった小さなスケートボードを抱え上げたのが見えたからだ。

幾分ぶっきらぼうに、ぴしゃり、と戸が閉じられると、店の中はまた静かになった。

「大将さ」

「え、あ、はい」

「これで当分は閉められなくなったよねえ、お店」

哲雄は、残りのスープを珍しく飲み干し、精一杯の笑みを浮かべた。

「これからも」

よろしくどうぞ、お願いします。と、池田が頭を下げ、哲雄もそれに倣った。稔はなにも答えずに、ただ苦笑いをしながら、麺箱の上の麺を丁寧にそろえていた。

「ごちそうさま。また来ますよ」

哲雄が代金を支払って外に出ると、北風が吹き抜けて、電線をぴう、と鳴らした。寒さは厳しいが、帰りはなんとか堪えられる。ラーメンが胃に入って、体の芯がほんのりと温かいからだ。もうじき、冬が終わって春が来る。国道沿いの桜並木が新しい季節を告げることだろう。

「あと、何杯食べられるかねえ」

明日は圭介を連れてきてやるか。哲雄はそっと振り返ると、年季が入って薄くなった『中華そば・ふじ屋』の文字を、しっかりと目に焼きつけた。

おむすび狂詩曲《ラプソディ》

1

——いらっしゃい！

『おむすび・結《ゆい》』の朝はさながら戦場だ。店主の星野結女《ほしのゆめ》は、客に向かって威勢よく声をかけ続ける。人がすれ違うのも難しいカウンター七席のみの狭小店舗には、絶え間なく客がやってくる。駅前通り沿いのバス停近くということもあって、客の多くは出勤前のサラリーマンたちだ。

「おかみさん、急いで！　遅刻しちゃう！」

スーツ姿の中年男性の中に割り込んできたのは、元気のいい女子高生だ。街中にある私立高の制服。名前は「ひかり」というらしい。イマドキの子というよりは、どちらかというと、日に焼けて健康的な見た目のかわいらしい子だ。

「今日は、なんにするのかしら？」

「えっと、明太子《めんたいこ》と、昆布と――」

席に着いたひかりは、「急いで」と言った割に注文を迷い出した。『結』のメニューはおむすびのみだが、具はレギュラーメニューだけでも二十種類以上、加えて季節メニューなどもラインナップに入れてあるので、迷ってしまうのも仕方がないかもしれない。お客さんの要望をどんどん取り入れているうちに、いつの間にか数が膨れ上がってしまった。

「おすすめ、ありますか？」

「今月の月替わりなんかどうかしら」

「月替わり？」

六月の月替わりメニューは、「初鰹《はつがつお》」だ。鰹の刺身を生姜《しょうが》の効いた醤油ダレに漬け込み、刻んだ大葉と梅肉で和《あ》えてある。鰹も大葉も梅も、初夏の今が旬だ。新年度に変わってから二か月、そろそろ気温も上がってきて、お客さんの中にも疲れた顔をしている人が増えてきた。鰹も梅干しも、疲労回復に効果があるとされる食材だ。元気を取り戻してほしいと思って、結女は今月の月替わりメニューに採用することにした。

軽く説明をすると、ひかりは「おいしそう！」「じゃあそれ！」と即決した。

オーダーを受けると、結女はほんのり酢を混ぜた手水を両手につけ、ひとつまみの塩を馴染ませる。手の準備が整ったら、おひつからご飯を取り出す。ご飯は客の入りを見て炊飯器から適量ずつおひつに移し、提供する頃にちょうど温度が落ち着くようにしてある。量は、少し小さめのお茶碗《ちゃわん》一杯分くらい。コンビニのおにぎりに比べると一回り大きい。正確な分量はいちいち量っていないが、もう手の感覚が重さを覚えてしまっている。

一掴み分のご飯をまとめ、具を中央にのせる。米の中に具をぎゅっと押し込んで握るのではなく、白米の布団で空気ごと具を包み込んであげるようなイメージだ。握り固めるのではなく、ご飯粒本来の粘り気で自然に結びつくように、ギリギリの力加減で成形するのが結女のやり方だ。だから結女は、「おにぎり」ではなく「おむすび」と呼んでいる。

形がまとまったら、素早く海苔を巻いて出来上がりだ。結女はあっという間におむすびを三個作り上げると、そわそわしながらカウンターの中を覗き込むひかりの前に差し出した。味噌汁《みそしる》は注文者全員にサービスでつけている。

いただきます。ひかりが小声でそう言いながらちょこんと手を合わせ、勢いよく一つ目のおむすびに歯を立てる。まずは、結女おすすめの「初鰹」からだ。海苔がぱつん、と弾《はじ》ける音がすると、見る間にひかりの目が大きく見開かれて、うまっ、という声が漏れた。

ひかりを見ていると、まるで自分の娘が目の前にいるような気になる。美味《おい》しそうにおむすびをほおばる姿をずっと眺めていたいところだが、次から次へとお客さんが出入りするのでそうもいかない。『おむすび・結』は、仕込みから調理、接客に会計まですべて結女一人で回しているのだ。ぼんやりしている暇はない。

「おかみさん、ごちそうさま！」

ひかりはものの数分でおむすび三つをぺろりと平らげると、入口のレジに向かった。女の子には少し量が多いと思うのだが、ひかりは毎回気持ちよく完食していく。

「毎度ありがとうね」

「今日もめっちゃおいしかったです！」

まだ幼さがほのかに残るひかりの指先から、五百円玉を受け取る。家から握りしめてきたのだろう。無機物であるはずの硬貨がほんのり温かい。忙しい結女に気を遣ってくれているのか、ひかりはいつも、税込み五百円の「おむすび三個セット」を頼んで、おつりが出ないように小銭で払ってくれる。

「また来ます！」

「気をつけて行ってらっしゃいよ！」

梅雨入り前の抜けるような青空の下を、ひかりがバス停に向かって勢いよく走っていく。その背中を目で追いながら、結女は入店してきた客に、いらっしゃい！　と威勢よく声をかけた。

2

朝の、あの幸福な満足感はどこに行ってしまったの？

三時間目の授業中、時計の針が午前十一時を回る頃、日野《ひの》ひかりの胃袋はぐうぐうと悲鳴を上げ出す。やっぱり、人の目など気にせずに、おむすび四個にしておけばよかった、と後悔しても時間は戻らない。

本当は、学校にも『結』のおむすびを持って来たいところなのだが、残念なことに『結』はテイクアウトには対応していないのだ。「炊きたて」「作りたて」がおかみさんのこだわりだから、仕方がないのかもしれない。

空腹で気が遠くなりそうになった頃、ようやく午前の授業の終了を告げるチャイムが鳴った。ひかりはバッグからお弁当箱の入った巾着袋を取り出すと、活気づく教室を後にして、そそくさと部室棟に向かう。そしてそのまま、所属している女子バスケ部の部室に滑り込む。汗臭い部室でご飯を食べたがる女子はあまりいない。練習前の賑わいとは打って変わって、昼休みの部室棟はいつもしんと静まり返っている。

「あ、お疲れ」

「お疲れー」

ほどなく、部室に高根実里《たかねみのり》がやってきた。バスケ部の一年生の中では、ひかりが一番仲良くしている子だ。実里は部室の長椅子にどかんと腰を下ろすと、携えていたレジ袋からパンやサンドイッチをいくつか取り出した。サバサバした性格の実里は、クラスの女子と集まってわいきゃい言いながらお昼を食べるのが煩わしいらしく、部室に避難してくることが多かった。

「ねえ、日野」

「ん？」

「今日はどう？　いけそうなの？」

「いや、その、まだわかんない」

実里の言葉で、二人しかいない部室に緊張が走った。

はあ、と大きくため息をついて、ひかりはお弁当箱の入った巾着袋に手をかけた。袋は手作りで、高校生にしては若干かわいらしすぎる刺繍《ししゅう》が施されている。一時期、手芸に大ハマりした母親が作ったものだ。

「じゃあ、開ける」

ひかりが膝の上に置いたお弁当箱に手をかけると、実里がこくんとうなずいた。プラスチックのロックを外し、水玉模様のふたをゆっくりと開けると、中身があらわになる。

「あ」

「お？」

「すごいかわいいじゃん！」

「いやでも、かわいいとかじゃないからさ、お弁当の本来の役割」

お弁当箱には、ワックスペーパーやおかずカップで小分けされた原色の食材がいっぱいに詰めこまれていた。ぱっと見は、オシャレなカフェかデリで出てくるランチのようなたたずまいだ。だが——。

「今日は、結構さ——」

ひかりの弁当をもう一度覗き込んだ実里が、うっ、と呻《うめ》いて仰《の》け反った。理由はすぐにわかった。臭いだ。

「実里、大丈夫？」

「え、ちょっと、なにこれ」

お弁当箱の中で、まず目を引くのが、ピンク色のご飯だ。本来白いはずのお米が、驚くほど鮮やかに染まっている。色の正体はすぐにわかった。

イチゴだ。

本来デザートのポジションにいるはずのイチゴが、主食の一部ですがなにか？　とでも言うように、つんとしたすまし顔でお米の上にのっかっている。ピンク米はきっと、イチゴの果汁で色づけされているのだ。スライスされたイチゴは、まるで花びらのようにきれいに盛りつけられてはいるが、お前の居場所はここじゃない、と言いたくなる。

ピンク米の横、仕切りを挟んだおかずスペースには、なにやら緑色をした液状のおかずが盛られていた。赤や黄色のパプリカで飾られていて一見華やかだが、驚くのはその臭いだ。ひかりも改めて嗅いでみるが、青臭くて生臭くて、さらに甘ったるい臭いまでする。

「もしかしてだけどさ」

実里が臭いを思い切り吸い込まないように気をつけながら、もう一度ひかりのお弁当を覗き込んだ。

「うん」

「グリーンカレー的なやつ？」

グリーンカレーと言われて、ひかりははっとこめかみを押さえた。少し前に、母親がテレビ番組で「オシャレなエスニック料理」の特集を観《み》ていたことを思い出したのだ。

「でも、グリーンカレーって、こんな臭いする？」

「するわけないじゃん」

「そもそも、普通にお弁当箱に入れるもん？」

「入れるわけないじゃん」

そうだよね、と、ひかりはうなだれた。

ひかりが教室を離れて、汗臭い部室で弁当を食べる理由。

それは、母親の作る「マズメシ」を、クラスメートに見られるのが嫌だからだ。

「マズメシ」とは、そのものずばり「マズい飯を作る人」のことで、「マズメシ」とは「マズい料理」の意味だ。つまり、「メシマズのマズメシ」と言えば、「マズい飯を作る人が作ったマズい飯」ということになる。そして、ひかりの母親は、まごうことなき「メシマズ母」である。

一口に「メシマズ」と言っても、いろいろなパターンがあるらしい。単純に料理の技術が拙いだけの人もいるし、とんでもない味覚オンチのせい、という人もいる。ひかりの母親の場合は「アレンジャー」というタイプだ。料理センスがないにもかかわらず、レシピを無視して自分なりのアレンジを加えてしまうせいで、とんでもないオリジナル料理を生み出してしまうのである。

「今日のこれ、今までで一番ヤバそうじゃない？」

「やめて。言わないで」

ひかりの母親は元々、ここまでの「メシマズ母」などではなかった。料理上手とはとても言えないが、カレーや野菜炒《いた》めといった定番メニューを普通に作ることはできるのだ。現に、夜ごはんは父親が食べ慣れない味つけの料理を嫌がるので、突飛なメニューは出てこない。特別美味しいわけではないものの、食べられるものが食卓に上がる。

母親の「マズメシ」が猛威を振るうのは、ひかりの「お弁当」である。

春から通い出した高校は、小中学校の頃と違って給食がない。校内には食堂や売店があるので別に弁当を持って行かなくても問題はないのだが、入学の直前、母親はなぜか「私が毎日お弁当を作る」と妙に張り切って宣言した。どうやら、SNSにお弁当写真を載せたい、というのが理由らしい。

ひかりのお弁当は、味よりなにより、SNS映えするか、に重きが置かれている。その上、母親曰《いわ》く「他人のレシピ通りに作るのは愛情が足りない」のだそうで、愛情という名の独自アレンジが加えられることにより、独創的すぎる味になってしまう。

当初は、ごはんやおかずがセロファン紙でラッピングされているとか、えらく細かい飾り切りが施されているとか、食べにくいけれども食べられないものではなかった。それがだんだんと、「彩りのため」と主食やおかずにフルーツやスイーツが混ぜ込まれるようになってきてから味がぐっと怪しくなり、最近は外国料理〝風《ふう》〟のオリジナル料理が登場するようになった。でも、母親自身が一度も食べたことのない料理を、ネットで画像を見ただけで作っているのだ。家にも近所のスーパーにもそんな料理を作るための調味料や材料なんか置いていないし、見た目を寄せているだけなので、味は別物になってしまう。

「これさ、青臭いのってパクチーだよね」

「ああ、そうかも」

「最近流行《はや》ってるからか」

「流行ってるってだけで入れてほしくないんだけど」

ひかりがスプーンでやや粘度の強い緑色の液体をつつくと、見覚えのある魚の皮が見え隠れした。どうやら、サバの切り身だ。生臭さの正体はこれだろう。思わず、実里と顔を見合わせた。

「サバの味噌煮、みたいなこと？」

「サバのグリーンカレー煮ってこと？」

なにそれ、と、ひかりは頭を抱えた。斬新にもほどがある。

「で、ほんとに食べんのそれ？」

実里が半笑いでひかりのお弁当を指さす。ほんとうに食べるのかと言われても、作ってもらったものだし、他に食べるものもないし、とりあえず食べるしかない。勇気を出して、グリーンカレーに浸《ひた》ったサバを、おそるおそる口に入れる。舌の上に置いた瞬間、むわっという臭気が裏側から鼻を襲った。言葉にできないほどの不快感が口から胃袋まで広がっていく。喉が飲み込むのを拒否しようと、おえっ、と、必死に痙攣《けいれん》する。

あ、絶対無理なやつだこれ。

「うそ、やっぱマズいの？」

「マズい、クサい、ヤバい」

涙目になりながら、ひかりは実里が手渡してくれたティッシュに、口の中のものを吐き出した。味も臭いも、想像を軽々と飛び越えていくほどのレベルだった。

「てかさ、日野のお母さん、味見とかしないわけ?」

「しない」

「は?　なんで」

「ちょこちょこ味見すると、太っちゃうから嫌なんだって」

「そんなバカな」

ひかりの母親は、料理をするときに味見をするという感覚がない。昔から、市販の「素《もと》」が味つけのすべてだったために、それでも普通に料理ができてしまっていたせいだろう。小食で、食べ物にあまり興味もないので、調理法にも無頓着だ。だいたい、見た目がそれっぽくなれば味もついてきている、と思っている。

実里は、意味がわからない、という顔をしているが、そういう性格でもなければ、娘のお弁当箱にこれほど破壊的な「マズメシ」を入れてくることなんかないだろう。ひかりの母親とは、そういう人なのだ。

見た目だけは色鮮やかで、確かにSNS映えしそうなお弁当だ。なのにひかりは、絶望感に打ちひしがれながら、ただただ空腹に堪えるしかない。

3

一通り翌日の仕込み作業が終わって、結女は売上計算を行っているノートパソコンの時計を見た。もう午後八時を過ぎている。翌日営業分の仕込み、店内の清掃と売り上げの処理まで終えると、自宅に帰るのは深夜になってしまう。翌朝は日の出前に起きて開店準備を始めなければならない。そんな生活が、もう十年続いている。

二十五歳で結婚してから、結女はずっと専業主婦だった。だが、十年前に夫が突然のリストラに遭って無収入になってしまい、自身も仕事を探さなければならなくなった。経済的苦境の中、藁《わら》にもすがるような思いで開店させたのが、ここ、『おむすび・結』だ。

思えば、『結』の開店までには、いろいろな「縁」があった。

今現在『結』が出店している雑居ビル一階の店舗スペースは、元々『すゞ香《こう》』というカウンターのみのお寿司《すし》屋さんが長年営業していた場所だ。狭小店舗ながら地元の人に愛される名店で、結女も何度か食べにいったことがある。けれど、求職活動中のある日、面接の後に店の前を通りがかると、『すゞ香』が『モア』というカレースタンドに変わっていることに気づいた。いつの間に、と驚く。それだけ、ずっと家の中に閉じこもって生活していたということかもしれない。

昼食を取っていなかった結女は、スパイスの香りに引かれるまま『モア』に入ることにした。するとさらに驚いたことに、お店を営んでいたのは娘が小学校の頃に同級生だった子のご両親であることが判明した。娘が小学校を卒業して以来の再会だ。

午後の遅い時間だったこともあって、他にお客の姿はなかった。昔の思い出話などをしつつ、何気なく厳しい近況のことを話すと、店主夫妻が顔を見合わせ、なにやらひそひそと相談を始めた。

「あの、よかったらなんですけどもね」

「は、はあ」

「星野さん、ここでお店やられませんか？」

「お店？　ここで？」

実は、『モア』の店主は『すゞ香』の大将の息子さんで、ビル自体も一家の持ちビルであった。大将が持病のために寿司屋を閉めた後、息子夫婦がカレースタンドを開店したものの、スパイスのにおいが他テナントに影響してしまい、移転を余儀なくされてしまった。幸い『モア』の移転先は決まったものの、代わりにビル一階スペースに入ってくれる店子《たなこ》を探している、ということだった。

「でも、私、飲食店なんてやったことないですし」

「はは、うちもそうでしたよ。カレーは趣味の延長みたいなもので」

「別に、お料理が得意なわけでもないですしねえ」

結女がなにげなくそう言うと、二人とも「えっ」と声を上げた。

「でも、あの頃、娘たちの間では有名でしたけどねえ」

「え？　私がですか？」

「そうですよ。星野さんちのおにぎり、びっくりするほど美味しいって」

あ、おむすび、と、結女はきゅっと両手を握り合わせた。

自分で言った通り、料理は昔からそう得意だったわけではない。それでも、田舎の母親に熱心に仕込まれたおむすびだけは、人に「美味しい」とほめてもらえることが多かった。でも、おむすびが商売になるなんて、それまで考えたこともなかった。

「昔、運動会の時にごちそうしていただいたじゃないですか」

「あ、はあ」

「あれ、美味しかったなあ。今でも思い出しますよ」

結女の娘がまだ小学生だった頃、運動会の日はおむすびを大量に作っていって、同級生の子やその家族にふるまうのが恒例だった。結女のおむすびはいつも好評で、嬉しさのあまり、毎年どんどん作る数が増えた。そのうち、半ば仕出し弁当屋のようになってしまって、夫にも娘にも呆れられたのだが。

「実は、親父もうちの娘の運動会を見に来た時に、一つ頂いたことがありましてね」

「え、すゞ香さんの大将がですか？」

「力加減が絶妙だって唸ってましたよ。寿司職人が言うんだから間違いないですよ。星野さんがお店を出すって言えば、親父も賛成してくれるんじゃないかなあ」

「そんな、私なんかが」

「ウチの移転先は居抜きなのでね、厨房器具はある程度ここに置いていきますし、初期費用は抑えられると思いますよ。テナント料も、親父に言って都合つけさせますから」

寿司屋時代の名残である冷蔵ケースに、大きな業務用炊飯器。厨房内は狭苦しいが、おむすびを作るだけなら設備は十分だろう。結女の頭の中に、自分が厨房に立つ姿が浮かんでは消えた。

今日の面接も、正直、手ごたえがまったくなかった。何社受けても働き口が見つからない。専業主婦がいきなりフルタイムの正社員になろうとしても、なかなか難しいのが現実だ。お店を格安で出させてもらえるなんて、これだけありがたい話はきっと探したって出てこないだろう。

――おむすびはね、人と人とを結ぶものなんよ。

小さい頃から何度も聞かされた母親の言葉が脳裏に浮かんだ。結女が「おにぎり」と言うと、母はそう言いながら「おむすび」と言い直させた。食べる人のことを思いながら心を込めて作ったおむすびは、人と人とを結びつける。それが、母の持論だった。事実、昔配ったおむすびが、困窮する結女と『モア』の店主とを結びつけたのだ。

おむすびがもたらした縁。

生活を守るため、家族のため、結女はその縁を信じることにした。ひそかに貯蓄していたへそくりを使って『おむすび・結』を開店。最初こそ閑古鳥が鳴いたが、バス停の真向かいという立地の良さも手伝って、ほどなく客が来るようになった。お米は『モア』から仕入れ先を紹介してもらい、おむすびの具の材料も、『すゞ香』の大将が海産物の仲卸さんを教えてくれた。原価をぐっと抑えられたおかげで、価格も安めに設定できた。懐の寂しい地元サラリーマンたちに、安くて美味しいおむすびは歓迎されたのだ。

遮二無二働いているうち、幸いなことに商売は軌道に乗った。小さなお店だし、繁盛店とは言ってもそう儲《もう》けがあるものではなかったが、それでも家族の生活費と娘の学費くらいにはなったのである。

気がつけば、開店から十年。娘は専門学校を卒業、管理栄養士の資格を取って独立した。夫も再就職して家計は落ち着きを取り戻した。当初の目的は果たされたのだが――。

「いつまでやるのかしらねえ」

誰もいない店の中で、結女はぽつりとつぶやいた。お客さんに来てもらえることはもちろん嬉しいが、時折、自分はなんのために生きているのかわからなくなる時がある。朝起きて、おむすびを作り続けて、一日が終わる。毎日がその繰り返しだ。いつまでこの繰り返しが続くのか、想像もつかない。

なんとなくしらっとしてしまった独りの時間をごまかすように、結女はパソコンでお店のブログを開いた。ブログには、明日のおすすめなどを毎日投稿することにしている。

「あら？」

今月の季節メニューを紹介する投稿に、コメントがついていた。「これ、ほんとにおいしいから食べて！」という内容だ。どうやら、よく店に来る「ひかり」のコメントであるようだ。

――おいしいおむすびは、まるでお母さんの味。

印象深い一文に、結女の涙腺が緩んだ。胸の奥がきゅっとなって、熱いものがこみあげてくる。結女の母はもう他界してしまったが、母から受け継いだおむすびを美味しいと言ってくれる人がいるだけで、母と繋がっているような気分になれる。

「弱音を吐いている場合じゃないわね」

おむすびは、人と人とを結ぶもの。

結女はそう自分に言い聞かせながら立ち上がった。うん、と気合を入れ、調理器具の清掃に入る。

4

「ただいま」

ひかりが部活を終えて家に帰ると、もうすでに午後九時になろうという時間だった。リビングでは、テレビのバラエティ番組を観ながら母親が呑気に大笑いしていた。

「ひかり、ごはんは？」

「あ、うん、お父さんは？」

「もうすぐ帰って来るって」

「じゃあ、一緒でいいよ」

あらそう、と、母親がつまらなそうに返事をする。家で食事をするときは、父親と一緒なら無難な食事ができる。本当は今すぐにでも大盛ごはんをかき込みたいくらいの空腹加減ではあるが、普通のごはんが食べたければ、父親の帰宅を待った方が安全だ。

母親は重い腰を上げてキッチンに移動すると、冷蔵庫から夕食の食材を取り出して並べていった。どうやら、市販の「素」を使った炒め物にするようだ。内心、ひかりはほっと胸をなでおろした。「素」を使うなら、少なくとも食べられないほどマズくはなりようがない。母親曰く、「お父さんはどうせ料理の味なんかわからないから」、「夕食は手抜きをしている」らしい。

以前、母親が夕食に張り切って凝った洋食を出したところ、口に合わない、と一切手をつけなかった父親と大ゲンカになったことがあった。以来、父親に出す食事はレトルト調味料などを使った「手抜き」料理になっている。が、ひかりにはそれで十分だった。むしろお弁当も、冷凍食品やスーパーのお惣菜《そうざい》を使って存分に手を抜いてくれたらいいのに、と思っている。

「ひかり、お弁当箱洗っちゃうから、出しなさい」

「あ、うん」

バッグの中から、手作りの巾着袋に入ったお弁当箱を取り出す。シンクに置こうとするが、母親が張りついていて出しづらい。お弁当箱を持ってまごついていると、母親が「なにをしてるの？」と首をかしげながら、ひかりの手からお弁当箱をひったくった。ぱちん、と音がして、ロックが外される。母親が躊躇することなくふたを開けた。

「どう？　かわいかったでしょ」

お弁当箱の中は、きれいに空になっている。母親は上機嫌で水を流し、スポンジに洗剤をつけた。

「ああ、うん。そう、ね」

「お昼にSNSに上げたんだけどね、みんなかわいいって。いっぱい『いいね！』がついちゃった」

「そっか。よかった、ね」

ネットで考えもなしに『いいね！』をする人に、ひかりは文句を言ってやりたい気分だった。どうせ、自分で食べることもないからと適当に考えているのだ。母親のお弁当画像を見て、心から「美味しそう」などと思っている人が、いったい何人いるだろう。でも、そういう人が適当につけた『いいね！』で、母親はますます調子に乗る。

「明日はどうしようかしらね。なにか、食べたいものある？」

「別に、凝ったものじゃなくていいよ」

「なによ、遠慮しなくていいんだから」

「普通に、おむすびとかさ」

おむすびぃ？　と、母親が鼻で笑った。

「貧乏くさいじゃない。地味だし、誰でも作れるし、映《ば》えないし」

「そんなことないと思うけど」

「そんなの持たせたら、今日はどうしたの？　手抜き？　って言われちゃうじゃない」

だからなんだと言うんだ。

ひかりは、反論したくなるのをぐっと堪《こら》えて、着替えてくるね、と、笑顔を作った。

母親は夕飯の準備もそこそこに明日のお弁当のことを考えているようで、スマホをいじって他人のSNSを覗いていた。

今日の「サバのグリーンカレー煮」は、とにかく悲惨だった。口に入れてわかったことだけれど、強烈な臭いの正体は、生の切り身のまま煮込まれたサバと、ペーストになったパクチー、そして煮詰まった牛乳だった。本来、青唐辛子メインのペーストとココナツミルクで作るはずなのに、手に入りやすいありあわせの食材で作ったからああなったんだろう。実里が面白がって舐《な》める程度の味見をしたが、変な声を出して、これはダメだわ、と、あっさり白旗を上げた。

なんとか食べなきゃと思っても、手が動かない。見かねた実里が「やめときな」と言いながら、パンを一つ恵んでくれた。それでとりあえずの空腹をごまかすことはできたものの、残ったお弁当をどうするかが問題になった。

ほとんど手をつけずに持ち帰ったら、きっと母親はなんで残したのかと怒り出すだろう。食べることもできないし、持ち帰ることもできない。追い詰められたひかりは、お弁当箱を持って部室棟のトイレに行った。手のついていない緑とピンクの食べ物を便器に落とす。――そして、水を流した。

食べ物をトイレに流した後は、体の奥からじわじわと罪悪感が噴き出してきて、いたたまれない気持ちになった。渦を巻く水に飲み込まれていく「食べ物だったもの」を見下ろしているうちに、なんだか無性に涙が出てきた。このまま母親の「メシマズ」がエスカレートしていったら、毎日こんなことをしなくてはいけなくなるのだろうか。

ひかりが昼の出来事を思い出しながら自分の部屋に入ろうとすると、ちょうど父親が帰ってきた。手には、お酒の缶とおつまみが入ったレジ袋をぶら下げている。父親はそうやって自分の好きなものをある程度自由に買えるから、母親のごはんが適当でも平気なのだろう。ひかりが、多くないお小遣いをなんとかやりくりして『結』に通っているのに、自分だけズルい、と思ってしまう。

「おう、飯は食ったのか?」

「まだ」

「そっか。腹減っただろ」

別に減ってないから! と、ひかりは嘘《うそ》をついた。鈍感な父親を見ていると、無性にイライラして語気が強くなってしまう。

「おいなんだよ、生理前か?」

最ッ低!

ひかりは怒鳴りながら、自分の部屋のドアを乱暴に閉めた。

5

玄関ドアを開ける。ただいま、と言っても、誰もいない。

結女が部屋の電灯を点《つ》けると、殺風景な八畳間が照らし出された。気がつけば、もう日が変わる直前だ。部屋の真ん中に置かれた座椅子に腰かけると、どっと疲れがやってきた。お店をやり始めた四十代の頃より、最近は明らかに体力が落ちてきている。

夕食は、店のあまりものでこしらえたおむすび。それと、帰る途中で買ってきたお惣菜とビール一缶。別にお金がないわけではないが、一人で贅沢《ぜいたく》をしようという気も起きないので、毎日こうなってしまう。

おむすびは、人と人とを結ぶもの。その一念でひたすらおむすびを作り続けてきたのだが、肝心の結女自身は、そのおむすびによって家庭を失うことになってしまった。娘が学校を卒業して就職したのを機に、結女は夫と別居した。店にかかりきりで家のことに手が回らなくなってしまったせいで、夫婦関係が崩壊してしまったのだ。籍こそ抜いてはいないものの、事実上の離婚である。

夫が再就職をして一家の収入がそれなりに安定しても、結女は『結』の経営に忙殺された。早朝に出て、深夜に帰ってくると疲れきってすぐに寝てしまう。家族と会話する時間はほとんどなかった。夫からは、アルバイトでも雇ってみてはどうか、という提案を受けたが、結女は首を縦に振らなかった。人を雇えば、どうしても人件費分を価格に転嫁しなければならなくなるし、おむすびの作り方をマスターさせるのにも時間がかかる。すべて自分でやらなければ、という思いが強かったのだ。

お店が繁盛するほど、家族との距離は開く一方だった。だがそれでも、せめて朝の食事だけは、と、結女は家を出る前におむすびを作っていた。まだ外が暗いうちに起きておむすびを作り、食卓に並べてから家を出る。家族と話もできない、顔を見る時間も少ないという中、おむすびは結女と家族を結ぶものであるはずだった。

けれど、ある日のことだ。店が終わって深夜に帰宅した結女は、冷蔵庫の中を見て愕《がく》然《ぜん》とした。結女が作ったおむすびが、残っていたのだ。ラップに包まれたおむすびは、二個だけ減っていた。つまり、夫と娘が一つずつ食べたのだろう。残りには手がついていなかった。

そのおむすびを作ったのは、店から帰ってきてすぐだった。つまり、前の晩だ。朝、早起きをしておむすびを作るのは体力的にしんどい。ならばと、寝る前に作り置きすることにしたのだ。夏場だったこともあって、おむすびは朝まで冷蔵庫に入れておいた。

家族の朝食を作る時間を変えてから一週間、今まで通りおむすびがなくなっていたこともあって、結女はこれでいいと思っていた。だが、冷蔵庫に残されていたおむすびを見て、急にぞわぞわと不安が襲って来た。結女は慌てておむすびを取り出し、一口食べてみた。固くて、冷たい。お米の香りも感じられないし、塩の刺々《とげとげ》しさが際立っている。「冷めても美味しいおむすび」とはほど遠い味だ。たとえ電子レンジで温めたとしても、炊きたてのおむすびのような優しい温かさにはならないだろう。

一言で言えば、不味《まず》かった。

朝食はどうしたのかと後で娘に聞くと、温かいものを自分で作って夫と一緒に食べたと言う。冷蔵庫でかちかちに固まった不味いおむすびを食べるより、簡単なものでもさっと作って温かいうちに食べた方が、ずっと美味しいことに気づいたのだろう。

——お母さん忙しそうだしさ、もう大丈夫だよ。

娘にしてみれば、悪気があったわけではなく、ただ結女の体を気遣ってくれただけだったのかもしれない。けれど結女にとってその言葉は、家族という集団からの戦力外通告のように感じられた。もう、あなたはかつての母親ではないのだ。家族の一員でもない。そう言われているようだった。

娘が卒業して「学費の負担」という大義名分がなくなると、結女と夫を結ぶものはなくなっていた。まるで冷えきったおむすびそのもののように、相手を思う気持ちは、固く、冷たくなってしまっていた。結女は自ら離婚を切り出したが、最終的にはお互い納得の上、別居を選択した。夫も結女も、夫婦という結びつきにすがったわけではない。お互い、離婚するのが面倒だっただけだ。

考え事をしていると、突然、テーブルに置いた携帯電話が振動を始めた。画面には「星野秋穂《あきほ》」という表示が出ている。娘からの着信だ。

「もしもし？」

慌てて通話を開始すると、落ち着いていて抑揚の少ない娘の声が聞こえてきた。なんのことはない。最近どうなの？　という程度の、生存確認に近い連絡だ。

学校を卒業した後も、娘はそのまま実家に残って夫と暮らしている。すでに独立した娘だし、結女は会ったり連絡したりすることを遠慮していた。店をやり出してからは母親らしいことをなに一つしてやれなかったという引け目を感じてしまうせいもある。

「うん。大丈夫。元気にやってるわよ」

他愛もない話を数分。暑くなってきたから気をつけて、と言い合って通話が切れると、また部屋にいるのが自分一人だけだということに気づく。たまにくる電話で辛《かろ》うじて娘と結びついていられるのは、「親子」という言葉があるから、という理由だけなのかもしれない。

本来、結女のおむすびは家族を幸せにするためのものだった。亡くなった母も、きっとそのためにおむすびの作り方を自分の娘に叩き込んだのだ。でも、なんの因果か、結女は家庭から社会に出て、母のおむすびを「商品」にする道を選んだ。それは間違いだったのだろうか。

頭の中に、母の声が響く。おむすびは——。結女は、その声から逃れようと、テーブルに突っ伏してぎゅっと目を閉じた。

6

家からバス停までの徒歩十五分。じめじめとした梅雨時の空気が、ひかりの体にまとわりついてくる。毎日通っている道なのに、今日はいつもよりもずっと足が重い。朝ごはんを抜いたからだろうか。

「メシマズ母のマズメシ」は、いよいよ朝の食卓も侵食し出している。

以前はトーストにサラダといったシンプルな朝食が用意されていたのに、最近はお弁当のあまりものを朝食に流用することが増えてきた。毎日お弁当に凝るせいで、食材がかなり残ってしまうらしい。だったら自分で食べればいいのに、お弁当の食材は「娘への愛情」なのであって、自分が食べるものではないそうだ。母親の朝ごはんは、前日の夕食の残りであることが多い。

　お弁当に使われなかった食材は、冷蔵庫の中でカビを生やしたりカラカラに乾燥してしまったりして、結局捨てられてしまう。母親にとって、お弁当の食材は「食べ物」というより、手芸用の布や画材のような「作品を作るための素材」なのかもしれない。

　今朝は、例の「グリーンカレー」と「イチゴライス」の残りがテーブルに用意されていた。昨日のトラウマがよみがえってきて、食べてもいないのに具合が悪くなってくる。

「急いでるから朝ごはんはいい！」

「ええ、せっかく用意したんだから、食べて行きなさいよ」

「ごめん！」

　ひかりは逃げるように家の廊下を駆け抜けた。さも急いでいるような演技をすることも、最近はずいぶんこなれてきてしまっている。

　靴を履いて外に出ようとすると、玄関のキャビネットの上に、巾着袋に包まれたお弁当箱が用意されていた。いつも通りバッグに入れようと手を伸ばすが、摑む手前で動きが止まった。胸の辺りにもやもやと溜《た》まっている感情。食べ物をトイレに流して捨てるなんて、二度とやりたくなかった。けれど今日も、昨日と似たようなお弁当が入っているんだろう。

「いってきます！」

巾着袋に伸びた手を引っ込めて、ひかりはそのまま家を飛び出した。お弁当はうっかり忘れたことにしよう。言い訳が通じるのは一回だけだけれど、今日を乗りきれば明日は土曜日だ。部活は午後からだし、土日の二日間はお弁当が不要になる。その間に、どうすればいいか考えればいい。

ただ、どうすればいいのかは見当もつかない。

なんとか普通のお弁当を作ってもらえるように母親を説得しなければならないのだけれど、ひかりには自信がまったくなかった。母親は、ひかりのためによかれと思ってやっているのに、と怒るだろう。そう言われてしまうと、なにも言い返せない。

いっそのこと自分でお弁当を作ってしまいたいところだが、日野家のキッチンは母親の聖域だ。まして、母親自身が張りきってお弁当を作っているのに、ひかりがお弁当を作る必要なんかない、と言われてしまう。理解してもらうまでにどれくらい時間がかかるだろう。部活も忙しいし、テスト前だし、前向きに話をしようという気力は湧いてこない。

考え事をしながら歩いていると、バス停が見えてきた。向かい側の『おむすび・結』が、今日も変わらず営業している。

ひかりが『結』のことを知ったのは、五月の連休明けのことだ。

ひかりの高校入学から一か月、日野家では母親の暴走が始まり、お弁当も朝食もおかしくなり始めた時期だった。その日は、「イギリス風ベイクドビーンズ」という謳《うた》い文句で、豆をケチャップで煮たものが出てきた。母親曰く「海外では豆は主食」なんだそうで、トーストもご飯もなく、大量の甘酸っぱい煮豆だけがお皿にてんこ盛りになっていた。

本場で食べれば美味しいものなのかもしれないが、母親はあくまで見よう見まねで作っているので、味がおざなりになる。辛うじて口に入れられるくらいの味だとしても、食べ慣れない朝食は一口二口で食欲が失《う》せてしまう。ひかりは「体調が悪い」と言い訳をしながら大半を残し、今日と同じように、朝練のために急いでいるフリをして家を飛び出した。だが、寝不足の状態で朝食を抜いたのはよくなかった。ひかりはバス停に着く直前で眩暈《めまい》を起こし、路上にしゃがみこんでしまったのだ。

「あら、お嬢さんどうしたの、こんなところで」

「いや、あの、大丈夫です」

声をかけてくれたのは、ちょうどお店のシャッターを開けて出てきた『結』のおかみさんだった。開店直前の忙しい時間にもかかわらず、おかみさんはひかりを抱え起こし、店の中で少し休ませてくれた。

「顔、真っ青だけど大丈夫かしら？　親御さんに来てもらう？」

「いや、その、そこまでは。ちょっと、立ちくらみがしちゃって」

「ちゃんと朝ごはん食べてきた？」

ひかりは、ばつの悪さを感じながら、首を横に振った。ダメじゃないの、と説教でもされるのかと思えば、おかみさんは「そっか」「忙しいものね」とつぶやき、なにやら、うん、と唸った。

「よかったらなんだけど」

「はい」

「食べて行かない？」

カウンター席に座ったひかりの目の前にはお寿司屋さんのような冷蔵ケースがあって、中には小分けされた色とりどりの食材が並べられていた。鮭《さけ》に筋子に、おかかに昆布。馴染みのあるものから見たこともないものまで、ずらりと二十種類以上はある。

「おにぎり、ですか？」

「うちのはね、おにぎりじゃなくて、おむすびなの」

おかみさんが、そう言いながらひかりの後ろの壁を指さす。つられて振り返ると、

「おむすびは　人と人とを　むすぶもの」と、毛筆で書かれた標語のようなものが掲示されていた。

「ご飯もね、さっき炊き上がったばっかりだから美味しいわよ。学生さんみたいだから、今日は初回特別サービス」

「え、でも」

「若い子は遠慮なんかするもんじゃないわよ」

おかみさんは、からからと笑うと、少しだけ真剣な顔つきになって、なにやら手に水をつけ始めた。木の桶《おけ》のようなものからご飯を素手で掴み上げると、鮮やかな手つきでやわらかな三角形を作り上げる。あっという間におむすびが二つ出来上がって、ひかりの前に置かれた。

「これ、その」

「塩むすび。具をケチったわけじゃないわよ。塩だけでもね、ウチのおむすびは美味しいんだから」

いいんでしょうか、と、ひかりがうつむくと、おかみさんは笑顔で、もちろん、とうなずく。あまり遠慮してもかえって失礼だと思うことにして、ひかりは一度頭を下げた後、おずおずとおむすびを口に運んだ。

真っ白な、具のない塩むすび。

手で掴むと、お米の温もりが指に伝わってくる。見た目は大きく見えるのに、思った以上にふわりとしていて軽い。三角形の頂点の部分を口に含む。その瞬間、お米がほろりとほどけて口いっぱいに香りが広がった。お米に香りがあるということを、ひかりはこれまで考えたこともなかった。噛んでいるうちにほのかな塩気と甘みが合わさって、お米ってこんなに美味しいんだ、と思わせてくれる。

気がつくと、おむすびをほおばりながら、ひかりはほろほろと涙をこぼしていた。おかみさんがびっくりして、あらあら、と、ティッシュケースを持ってきた。どうしたの、と聞かれても、ひかり自身もなぜ涙が出てくるのかわからなかった。

――ちょっと、ほっとしちゃって。

涙を拭きながら、ひかりはそう答えた。おかみさんのおむすびは、確かに美味しいのだけれど、それ以上に、なんだか温かくて優しかったのだ。

お腹《なか》が空《す》いた。

とても原始的で抗《あらが》いがたい欲求に突き動かされて、足が自然と『結』に向いた。それは空腹感というより、飢餓感に近い感覚である気がした。

7

今日の開店一番乗りは、ひかりだった。いらっしゃい、と、結女がいつものように声をかけたが、早朝であるせいかどこかぼんやりとしていて、いつものような元気がない。

「今日はどうする？」

「えっと、鮭と、葉わさびと――」

あと一つ、と、ひかりが店内に張り出された限定メニューのお知らせを目で追う。ひかりはいつも、ベーシックなおむすびを二個と、変わり種一個という注文スタイルだ。お客さんの注文には、性格や癖が出る。同じメニューを毎日頼み続ける人もいるし、一通りメニューを制覇しようとする人もいる。ひかりの場合は、自分の中にあるおむすびの基本を堅持しつつ、少しの冒険心を覗かせるタイプだ。

「あと一個、玉子納豆！」

今日も忙しい一日が始まる。結女は手に水をつけて、よく馴染ませる。

「ひかり！　なにしてるの！」

結女がご飯を摑み上げようとした瞬間、いきなり店内に甲高い声が響き渡った。驚いて入口に目をやると、化粧っ気のない中年女性が一人、こちらをにらみつけていた。正確に言うと、女性の視線は結女ではなく、ひかりに向けられているようだ。

「ちょっと、出なさい」

「え、なに」

「いいから出なさい！」

ひかりが、視線を結女に向けた。注文を受けてはいたが、まだ調理前だ。結女は、大丈夫よ、と言うようにうなずいた。二人の空気から察するに、女性はひかりの母親なのだろう。だが、なにをそんなに怒っているのかまではわからない。

ひかりは母親に手を摑まれ、半ば引きずられるように店の外へ連れ出された。そのまま、店の前で口論が始まる。人様の家のことに割り込むのはよくないとわかっているが、さすがに店先で騒がれると他のお客さんにも迷惑がかかる。結女はカウンターの外に出て、入口ドアの隙間から二人の様子を窺《うかが》うことにした。

「なにしに、来たの」

「あんたがお弁当忘れたから、届けに来てあげたんじゃない！」

店のすぐ前の路上に、エンジンをかけたままの軽自動車が停《と》まっている。ひかりの母親の手には、手作り感のある巾着袋が握られていた。

「あ、そう」

「そう、じゃないわよ。急いでるからって、朝ごはんも食べずに出て行ったんじゃなかったの？」

「そうだけど」

「じゃあ、なんでこんなお店に入ってゆっくりしてるのよ！」

こんなお店、というところに引っかかりを感じながらも会話を追うと、結女にも全体像がぼんやりと見えてきた。ひかりの母親は毎日朝食を作っているのだが、ひかりはそれを食べずに家を出て、『結』に来店していたらしい。今日はひかりの母親が忘れものの弁当を届けようと車でバス停まで来たところ、『結』に入るひかりを見つけてしまった。それで、いったいなぜなのかと憤っている、という状況であるようだ。

「いいじゃん、私の自由だし」

「自由ってことないでしょ？　親に隠れてこそこそと」

「別に、隠れてたわけじゃないし」

ひかりが母親の作った朝食を拒絶して、『結』に来ていたのはなぜだろうか。ひかりが初めて店に来た時のことを結女は思い出した。店の外で、青い顔でうずくまっていた姿。そして、塩むすびをほおばりながら涙をこぼしていたこと。察するところは大いにあるが、部外者が口出しするのはなかなか難しい。

「とにかく、もうこういうことしないでちょうだい」

「こういうことって？」

ひかりの母親は娘から視線を外すと、突然結女に顔を向けた。頬が紅潮していて、唇が震えている。

「うちの子には家で朝食を食べさせますから、もう金輪際、お店に入れないでもらえませんか？　いいですね？」

「そんなことを言われましてもねえ」

客商売をやっているのに、正当な理由もなく入店拒否をするわけにもいかない。結女は困惑のあまり、言葉を失った。

「ねえ、ちょっと、なに言ってんの？　やめてよ！」

「いいから、さっさと学校行きなさい！」

ひかりの母親は、バス停に向かうように娘の体を乱暴に押す。ちらりと結女を見たひかりは、「ごめんなさい」と言っているように見えた。

「行くから、押さないでって」

「あとほら、お弁当！」

目の前に突き出された巾着袋を見て、ひかりの顔色が変わった。表情がさらに強張って、目が泳ぐ。

「いらない」

「いらないって、朝昼抜く気なの？　せっかく作ったのに！」

「誰のために？」

「誰のって」

「私のためなんかじゃないじゃん、こんなの。ネットに載せたいだけでしょ？　それで、コメントもらって喜んでるだけじゃん」

「そんなことないわよ！」

「もうさ、食べられないんだ、お母さんのお弁当。おいしくないから。おいしくないどころじゃない。めちゃくちゃマズい。口に入れるだけで精いっぱい。昨日は一口も食べられなくて、全部捨てたんだよ、私！」


——お弁当を捨てた。


本当だとしたら、どれほどショッキングな出来事だろうかと結女は息を呑《の》んだ。自分が作ったおむすびが、どこかで無残に捨てられていたとしたら——。

「そんな、好き嫌いで——」

「好き嫌いなんかじゃないから！」

ひかりの目から、一粒、二粒と涙がこぼれた。以前、塩むすびをほおばりながら流した涙とは明らかに違う、痛々しい涙だ。娘の涙を見て動揺したのか、ひかりの母親はとにかく弁当を持って行かせようと躍起になった。無理にでも持たせて、自分を正当化しようとしている。きっと、ひかりの言葉に嘘はないのだろう。でも、その事実を認めてしまえば、母親としての立場がなくなってしまう。

弁当箱の押しつけ合いが少し続いて、結女が止めに入ろうとした瞬間、巾着袋が二人の手から離れて、地面に落ちた。落ちた角度が悪かったのか、ばきん、という軽い音がした。

「なにしてんの！」

結女が、あっ、と声を出す間もなく、びたん、という嫌な音がして、ひかりの顔が横を向いた。ひかりの母親が、平手で頬を打ったのだ。わずかな間、ひかりはなにが起きたかわからないという顔をしていたが、やがて正面を向いて大きくため息をついた。もう、涙は流れてはいなかった。

「学校、行ってくるから」

ひかりはそう残すと、バス停に向かって走り出した。道に落ちた弁当箱は、その場に残ったままだ。結女は、目の前で起きた一部始終に動揺しながらも、店から出てひかりの母親に歩み寄った。

「あの、やっぱりね、叩くのはいけないと思いますよ」

呆然《ぼうぜん》としているひかりの母親に声をかけつつ、転がったままの巾着袋をつまみ上げる。案の定、中の弁当箱が壊れたか開いたかしてしまったようで、袋には赤い汁のようなものがにじんでいた。そこから、獣と魚が混じったような臭いがする。ひかりが「一口も食べられない」と言ったのが、なんとなく理解できた。

「あなたが」

結女の手から巾着袋をひったくるように受け取ると、ひかりの母親は少し、口をぱくぱくと開け閉めした。すぐに言葉が出てこないのだろう。目は真っ赤で、今にも涙があふれてきそうだった。

「あなたが、こんなものをうちの子に食べさせるから！」

こんなもの、と指さされた先には、おむすびの写真が並んだ店の立て看板が立っていた。言葉を返すべきか否か迷ったが、結女は腹に力を込めて、ひかりの母親の目を真っすぐに見た。

「お言葉ですけど」

――私は、こんなもの、と言われるようなものは絶対に出してませんから。

8

見慣れない天井は落ち着かない。

ひかりは独り、白いベッドの上に横たわっていた。左腕には細いチューブが差し込まれていて、点滴がぽつんぽつんと時を刻んでいるのが見える。目が覚めた時は自分がどこにいるのかわからず動揺したが、少し時間が経《た》って、ようやく落ち着いてきた。まだ少し頭がぼんやりしている。

朝から『結』の前で母親とケンカをするという、最悪の一日の始まり。登校したまではよかったものの、朝食を抜いたせいで、朝から空腹で頭がくらくらしっぱなしだった。なのに、こんな日に限って委員会の集まりが長引いて、昼休みがほとんど潰れた。売店の食べ物はほぼ売り切れ、食堂でゆっくりお昼を食べる暇もない。結局、放課後は朝昼抜きの状態で部活に突入。体育館で練習している最中に、視界が真っ白になった。

そのまま気を失って、救急車で病院に運ばれたらしい。

ひかりが倒れたのは、「低血糖」が原因だそうだ。血中の糖の濃度が下がってしまって、脳に栄養がいかなくなってしまう状態だ。元々、ひかりは体質的に低血糖状態になりやすいらしい。以前、『結』の前でしゃがみこんでしまった時も、近い状態だったのかもしれない。えらそうなお医者さんから、点滴でブドウ糖を補ったあと、しっかり食事を摂《と》るようにと、ずいぶん怒られた。

「ひかりさん、こんにちは」

突然、病室の仕切りカーテンが開いて、若い女性が入ってきた。女医さんではなさそうだし、看護師さんとも雰囲気が違う。黒髪を後ろで束ね、すらりとしたスタイルのクールな女性だ。

「こんにち、は」

「私、管理栄養士の星野といいます。よろしくね」

「管理、栄養士？」

「入院中のお食事、私が担当するので」

そうか、私は入院していたんだった、と、ひかりは自分のベッドスペースを見回した。深刻な症状ではない、という話ではあったものの、一緒にいた実里が「倒れる時に頭を打っていた」と話したようで、明日は一日、大事を取っていろいろな検査をすることになった。退院は日曜のお昼の予定だ。つまり、これから病院で食事を五、六回取ることになる、ということだ。

星野という女性はバインダーを取り出すと、ひかりに食事に関しての質問をし出した。食物アレルギーはあるか。好き嫌いはあるか。ひかりは、特にありません、と答える。

「じゃあ、どうしちゃったの？　低血糖で倒れるなんて」

「その、朝も昼もごはんが食べられなかったから」

「ダイエット？」

「違います」

「あなたくらいの歳だと、ちゃんと食べないと本当に危険だからね。生理不順とか、摂食障害なんか起こしたら、一生にかかわるんだから」

それは、わかってるんですけど。

正論で諭されると、なんだかまた涙が出てきそうになった。なんでこんなに泣かなければいけないのかと思うと、まださらに泣きたくなる。

「なんか、ワケありかな」

星野さんがひかりのベッドに腰をかけ、カーテンをしっかり閉めた。大人っぽくて頼りがいのある雰囲気に、思わず甘えたくなってしまう。ひかりは言葉を選びながら、ぽつぽつと倒れるまでの経緯を話した。最初は遠回しに話をしようとしていたものの、途中からどんどん舌が回って止まらなくなった。笑みを浮かべていた星野さんも、真剣な顔でうなずくようになっていった。

「そっか。それは辛《つら》かったよね」

「ごめんなさい、しゃべりすぎちゃって」

「確か、もう少ししたらご両親がいらっしゃるみたいだから」

「そう、なんですか」

「私からちゃんと言ってあげるね。ごはん、気をつけてくださいって」

「ほんとですか？」

「もちろん。食事指導が私の仕事だからさ」

なにかが変わるかもしれない。そんな期待で、ひかりの胸が、ほんの少しだけ熱を取り戻す。

「ありがとう、ございます」

いいのよ、と言うように、星野さんはひかりの肩を手で軽く叩いた。

「にしてもさ、その、お母さんとケンカしたってお店、そんなに毎朝行きたくなるほど美味しいんだ？」

突然、星野さんが話題を変え、ひかりにぐっと顔を寄せる。

「あ、すごいおいしいですよ」

「私さ、美味しいお店巡りとか大好きなんだよね、実は」

「じゃあ、超おすすめです。ほんとに」

「朝イチからやってるなんて、何屋さん？」

「おむすび屋さんです」

え？　と、星野さんが目を丸くした。「おむすび屋」というのは、確かに一般的ではないかもしれない。ひかりは、『おむすび・結』について、少し熱量高めに語った。自分の家もあんなおいしいおむすびが出てくる家庭だったら、きっと家族みんな幸せだったに違いない。そんな気持ちを、誰かに伝えておきたかった。

「そっか。そんなに、美味しいんだ」

「でも、なんか、今回のことで行きづらくなっちゃいそうで。ご迷惑おかけしたし」

「気にしなくていいと思うよ。大丈夫」

「え？」

「そういうお店の人って、なにがあったってお客さんに来てもらうのが一番嬉しいんだから、絶対に」

ひかりが、そういうものでしょうか、とうつむくと、星野さんは優しく微笑《ほほえ》みながら、妙にはっきりと、「そういうもんよ」と答えた。

9

そろそろ、『おむすび・結』の営業が終わる。土曜日の閉店時間は、いつもよりも少し早くしている。週末は、お客さんの多くが家で家族と一緒に食事をするのだろう。土曜の夕方以降は、一週間のうちで一番客が少ない時間帯だ。

「またどうぞ」

ふらりとやってきた年配の男性を送り出すと、結女は入口にひっかけている「営業中」の案内プレートを返し、立て看板を畳んで店内に入れようとした。だが、ちょうどそのタイミングで、目の前の道路に停まった車から人が降りてくるのが見えた。結女は、「今日もう終わりなんです」と言うのが苦手だ。お客さんががっかりして帰っていく背中を見るのが嫌なのだ。

もう一度、プレートを「営業中」に戻そうかと考えたところで、降りてきた人に見覚えがあることに気づいた。きちんと服装や化粧を整えていて一瞬わからなかったが、昨日店前で親子ゲンカをしていった、ひかりの母親だ。結女と目が合うと、神妙な面持ちで深々と頭を下げた。

車をパーキングメーターの前に停めてもらい、店の中に招き入れる。店内に入ると、ひかりの母親はもう一度、昨日は申し訳ありませんでした、と言いながら頭を下げた。

「私はまあいいんですけど、ひかりちゃんは大丈夫でしたかねえ」

「その、娘は入院中で」

「えっ？」

ひかりが入院したと聞いて、結女は心底驚いた。低血糖を起こして学校で倒れてしまったが、すでに回復してほかに問題はなく、日曜日には退院する予定である、という話を聞いて、少し安心する。

とはいえ、そんな事態になってしまったことに、結女も責任を感じざるを得なかった。ひかりの家の事情は知らなかったとはいえ、親子ゲンカの引き金になったのは、ひかりが『結』に来ていたことだからだ。お客さんに、できる限り美味しいおむすびを。そう思ってやってきたことが、結果としてではあるが、ひかりとひかりの母親の間に亀裂を生むことになってしまった。

「私、娘とどう話していいかわからなくなってしまって」

少しの間、結女はひかりの母親の話に聞き入った。自身の両親が食に無頓着だったこともあって、あまり料理に興味がないこと。夫は味にうるさくないので、それがまかり通ってきてしまったこと。毎日の食事を作るのはほとんど「作業」という感覚で、あまり好きではないこと。そんな中、お弁当の写真を撮ってインターネット上に公開するのが楽しみになっていたこと。

SNSでは、当たり前のメニューを当たり前に作っても、誰も見向きもしてくれない。もっと注目を浴びたい。いろんな言葉が欲しい。そう思うがゆえに、どんどん「斬新な」お弁当を作ろうとしてしまった。問題は、写真では味は伝わらない、ということだ。見た目がよくて、発想が面白いものであれば、いい評価がもらえる。「こんなに凝ったお弁当を作ってもらえる娘さんは幸せですね」というコメントをもらって、ひかりの母親は有頂天になってしまった。

結女にも、その気持ちはわからないでもない。

食事を作る時は、実際に食べる人のことを考えなければいけない、というのは、当たり前のようで理想論だ。主婦というのは悲しいもので、毎日仕事をこなしているうちに、「家事をやって当たり前」になってしまう。そのうちだんだん自分自身も慣れていって、相手の気持ちを考える、なんて面倒なことができなくなっていく。掃除や洗濯をこなしながら、毎日毎日、朝昼晩の三食を作るのに、いちいち難しいことなんか考えていられない。献立を考えるだけでも疲れてしまう。

せめて、食事の後に「美味しかったよ」の一言でももらえれば、少しはやる気だって出るだろう。でも、毎日の食事ごとにそんなことを言ってくれるできた夫や子供は、なかなかいない。作る人間が料理下手なら、なおさらだ。

ひかりの母親が、インターネット上の赤の他人から評価されるのを望んだ気持ちは、結女が『結』の経営に執着したのと、根っこは同じ感情かもしれない。家庭の中に取り残されて世間と乖離《かいり》していく自分を、誰かに見つけてほしい。誰かと結びつきたい。結女も、そんな欲求がふつふつと湧くことがあった。

「あの、お母さんね」

「は、はい」

「よかったら、食べてみませんか？」

「え、あ、その、おにぎりをですか」

「うちのは、おむすびなんですよ。おにぎりじゃなくってね」

「おむすび？」

手を洗い、気合を入れる。おむすびにするご飯は、まだ少し残っている。炊き立てとはいかないが、それでも美味しいおむすびを作る自信はある。

母が、結女におむすびの作り方を伝えた理由。それは、言葉にできない思いを伝えるためかもしれない、と結女は思った。誰にでも作れる簡単なものだからこそ、大切に作ろうとする気持ちが大事になる。主婦業というのは、すべてパーフェクトにこなすのは果てしなく難しい。だから、せめておむすびを大事に作ることで、家族を愛する気持ちだったり、自分の思いだったりを伝えることができるのではないだろうか。

ひかりの母親に言うべき言葉は見つからない。結女も、説教やアドバイスができるような立場ではないのだ。でも、ひかりに自分の娘のような思いはしてほしくなかった。

おむすび一個分のご飯を掴み上げて、握るのではなく、優しく包み込んで米の粒を結びつける。何度も練習させられた、おむすびの作り方。美味しく食べてほしい、という気持ちをしっかりこめて、塩むすびを作り上げる。

結女がカウンターに塩むすびを出すと、ひかりの母親は困り顔で目を泳がせた。謝りに来たのに、出されたものを食べていいものかと戸惑っているのだろう。

「それ、ひかりちゃんが初めて来た時に食べたおむすびなんですよ」

「ひかりが、ですか」

「美味しいって言ってくださってね。とっても嬉しかった」

結女の意図を汲《く》みとってくれたのか、ひかりの母親は椅子に座り、塩むすびをじっと見つめた。そして、いただきます、と頭を下げると、戸惑いながらもおむすびを取り上げ、口に含んだ。しぐさが母娘《おやこ》一緒だわ、と、結女はかすかに笑った。

一口、二口。おむすびを嚙みしめながら、ひかりの母親はうつむき、やがて肩を震わせた。真っ赤になった両目から、涙の粒がこぼれる。結女はティッシュケースを持ってきて、カウンターにそっと置いた。

「どうかしら」

「はい」

——美味しいです。

顔をくしゃくしゃにしながらも、ひかりの母親は、はっきりとそうつぶやいた。

10

「夜ごはん、どうする？」

　退院したひかりを車に乗せた父親の第一声は、夕食をどうするか、という相談だった。いきなりそんなこと言われても、返事のしようがない。

「お母さんは？」

「ちょっと、一日出かけるんだってよ。夜まで帰ってこないらしい」

「出かける、って」

「なあ。ひかりが退院するってのに」

　ケンカをして顔を合わせづらくなったのか、母親は日曜日一日、夜遅くまでどこかに出かけることにしたのだという。なんだそれ、とは思ったが、その方が自分にとっても楽かもしれない、と、思うことにした。

「大したことなかったから、別にいいけど」

「ラーメンでも食いに行くか？　ここの病院の向かいっ側にな、うまいラーメン屋があんだよ。醬油味のさ」

「ラーメンって気分じゃないかなあ」

別にラーメンが嫌いなわけではないけれど、日曜の夜に父親と二人で向かい合って麺を啜るのは、なんだか訳ありを絵に描いたようで、気まずい。

「なんだ、じゃあピザでも取るか？」

「私、作るよ」

シートベルトに手をかけた父親が、えっ、と声を上げた。なにもそんなに大げさな驚き方をしなくてもいいのに、と思う。

結局、食事の準備はひかりが担当することになった。とはいえ、中学校の調理実習以来、キッチンに立つのは久々だ。包丁なんかろくに握ったことがないし、火を使うのも怖い。

ならば、おむすびだ。

火も刃物も使わずにできるごはんといったら、それくらいしか思いつかなかった。おむすびなら、毎日のように『結』のおかみさんが作っているところを見てきたのだ。イメージは湧くし、できる気がした。

けれど、家に帰っていざ作ってみると、見るのとやるのは大違いだということを思い知らされた。お米は水加減を間違えて炊きあがりが固くなってしまったし、ご飯を素手で摑むとやけどしそうなくらい熱い、ということを初めて知った。熱い米粒が次々と手に引っついてくるし、具がはみ出さないように包もうとしても端から飛び出してしまう。

おむすび一つ作るのがこんなに難しいのかと、ひかりは呆然とした。

　悪戦苦闘しながらなんとか作り上げたものの、形はいびつだし、海苔の外側に米粒がくっついているし、大きさもてんでバラバラだ。これでは、母親のお弁当のことをとやかく言えたものではない。

　意気消沈しながら、食卓におむすびを持っていく。父親は不格好なおむすびを見るなり噴き出したが、じっとりとしたひかりの視線に気がついて、すぐに謝った。無造作におむすびを掴み上げて、一口ほおばる。

「ウマい」

「え、嘘でしょ？」

　もぐもぐと口を動かしながら、父親は「ウマい」と言って何度もうなずいた。マズい、とはっきりは言われないにしても、よもやおいしいと言ってもらえるとは思っていなかったひかりは、面食らって口をぱくぱくさせてしまった。

「お米、固くない？」

「ああ、まあ、ちょっと固めだな」

「味薄い？」

「まあ、いいんじゃないか、健康的で。最近、俺も血圧高いからな」

「おいしくない、ってことじゃん、それ」

父親は、首を横に振ると、ウマいさ、と言いきった。

「娘が、初めて父親にごちそうしてくれたおにぎりだぞ？　涙が出るほどウマいに決まってるだろう」

本音か皮肉かよくわからない表現ではあったけれども、父親はあっという間におむすびを一つ食べきった。泣くどころか、にやにや笑ったままだったけれど、すぐに二つ目に手を伸ばし、また、ウマい、と言った。

無神経でデリカシーのない言い方なのに、「ウマい」という言葉がじわりとひかりの心に入って来て、胸の辺りが温かくなった。いつだったか、感じたことのある温かさだ。おかみさんの塩むすびを食べた時の、体を中から動かしてくれるような温かさ。

それ、おにぎりじゃなくておむすびだから、と、照れ隠しをしながら、ひかりは初めて自分一人で作ったおむすびを口に入れた。口の中でほろりとほどけるような食感はなくて、喉につっかえそうなくらい固い。塩も少なすぎたのか、ほとんど味を感じない。ひかりが選んだおむすびにいたっては、形を作るのに気を取られすぎて、具を入れることすら忘れていた。父親に笑われる前に、「これは塩むすびだから」とごまかしたが、『結』こだわりの塩むすびと、ひかりの「具忘れおむすび」では、天と地ほどの差があった。

「塩むすびのわりに、塩の味がしないな」

父親が「具忘れおむすび」に当たったらしく、半笑いで「米味《こめあじ》」と表現した。瞬間、ひかりは自分の顔に血が駆け上がってくるのがわかった。

「超マズいんじゃん！　やっぱり！」

「いや、ウマいって」

——ということがあったのが、昨晩のことだ。

日曜日、母親は結局、夜中まで帰ってこなかった。帰ってくるまで待とうとも思ったものの、いろいろ疲れが溜まっていたのか、眠気には抗えずに、ひかりは日が変わる前に眠りこけてしまった。気がつくと、すでに月曜日の朝だ。学校に行かなければならない。

ひかりよりもさらに朝の早い父親は、もう仕事に出て行ったようだ。キッチンから、物音がする。母親も、もうすでに起きているらしい。

お弁当問題はなに一つ解決していない。ほっぺたを叩かれたことに腹は立ったものの、すべて母親のせいにすることもできなかった。

だって、今まで母親に「ごはんがおいしかった」と言ったことがあっただろうか。

小さい時からずっと、母親がごはんを作ることは当たり前だと思っていた。あまり料理上手ではない母親のごはんを食べても、味に感動するようなことは確かになかったかもしれない。でも、それでも気づくべきだった。好きでもないし、得意でもない料理を、母親が作り続ける理由。そして、伝えるべきだった。その気持ちを受け取ったよ、ということを。おいしかったよ、の一言を伝えていたら、母親はきっと、「メシマズ母」なんかにはなっていなかったはずだ。

とはいえ、今さらどう話せばいいかわからない。あの「サバのグリーンカレー煮」を、美味しかったよ、とはさすがに言えないし、急にそんなことを言っても嘘くさくなってしまうだけだ。今日のところは、一旦距離を置いて考えよう。ひかりはそう決心すると、ふっと息を吐いて部屋を出た。リビングに顔を出し、「行ってきます」とだけ伝える。リビング奥の対面式キッチンで、母親がなにやら忙しく動き回っているのが見えた。

「朝ごはん」

背中に、母親の声が刺さる。途端に、足が止まって動かなくなった。

「食べていきなさい」

「え、あ、うん」

「また倒れて入院なんかされたら困るんだから」

ひかりは、ごめん、と小さな返事をして、カウンターテーブルに備えつけの椅子に腰かけた。テーブルの上には、ラップをかけたお皿がすでに用意されていた。透明なラップ越しに見えたものに驚いて、ひかりは思わず、えっ、と声を出した。

おむすびだ。

ラップを外すと、きれいな三角形が三つ現れた。『結』のものに比べるとやや小ぶりだが、海苔が巻かれた、ちゃんと「普通の」おむすびだ。

「食べないの？」

「あ、いや、いただきます」

ひかりはおむすびを一つ、おそるおそる口に入れた。海苔がぱつんと弾けて、お米がほろりとほどける。中身は好物の明太子だ。塩気と辛味、そしてお米の旨味が広がる。炊き上がったばかりなのか、ご飯がまだ温かい。まるで、『結』のおむすびのようだ。

いったいどうしたのかと、頭の中が真っ白になった。

わけがわからないまま、夢中でおむすびを口に入れた。最後の一口を前にして、胸がいっぱいで口が開けられなくなった。涙が出てきそうになって、鼻で息をしながら我慢する。涙がくっと引っ込んだタイミングで、残りを全部口の中に突っ込んだ。涙が出る前に嚙みしめて、ごくんと飲み込む。

「あんまりゆっくりしてると、遅刻するでしょ」

「うん。行ってくる」

カウンターからお皿を返すと、母親はなにも言わずに受け取って、スポンジに洗剤をつけた。

「お母さん」

「なに？」

「おいしかったよ、おむすび」

そこまで言った瞬間、前が見えなくなった。ここ最近、自分でもよく泣くな、と思うほど涙を流してきた。けれど、頬を伝い落ちていく涙が、お湯みたいに熱いと感じたのは初めてだった。

泣いているのを悟られないように、くるりと背を向けて玄関に向かった。玄関のキャビネットには、見慣れない袋が置いてあった。いつものお弁当箱は壊しちゃったからか、と思い至る。一回り大きい袋の口を少し開けて見ると、シンプルなデザインのお弁当箱と、アルミホイルにくるまれたおむすびが三つ入っていた。

「行ってきます！」

お弁当の袋を摑んで、スクールバッグの中にそっと収める。玄関ドアを開けて外に出ると、梅雨時のジメっとした雨が降っていた。それでも、ひかりの心は澄んだ青空のように晴れていた。

11

——おかみさん、ありがとうございました！

入口を出ていくひかりの背中を見ながら、結女はほっと胸をなでおろした。

午後三時を過ぎ、ランチの修羅場が一段落すると、『結』は少しだけ静けさに包まれる。そんな中、学校帰りのひかりが店にやってきたのだ。今日はおむすびを食べに来たのではなく、お礼を言いに来たのだという。

——うちの母に、おむすびの作り方、教えてくれたんですよね？

ひかりの言葉を聞いて、結女は口元をほころばせた。

ひかりの言う通り、ひかりの母親におむすびの作り方を教えたのは結女だ。娘とどう話していいかわからない、と苦悩する姿を見て、他人事とは思えなくなったからだった。

ひかりの母親は、そんなことをやっていただくわけには、と遠慮しようとしたが、結女が熱心に説得すると、やがて「お願いします」と頭を下げた。そこで、『結』の定休日である日曜日を一日使って、みっちりとおむすびの作り方をレクチャーしたのだ。まだまだ完璧とは言い難いものの、ひかりの母親は手先が器用で、思った以上に上達した。ひかりが、「教わった」と見抜いたぐらいなのだから、家でもかなり再現度の高いおむすびを作ることができたのだろう。よかった、と、もう一度息を吐く。

「ねえ、今の子、ひかりちゃんじゃない？」

ひかりと入れ替わりで、店内にするっと入ってきた客の姿を見て、結女は思わず凍りついた。すらりとしたスタイルに、黒髪をひっつめた髪型。そして、サバサバとした感じの物言い。

「あ、秋穂？」

「久しぶり」

当たり前のような顔をして店内に入ってきた娘だが、顔を見るのは実に数年ぶりだ。その上、『結』に来るのは、十年前、開店直後でまだお客さんが少なかったとき以来のことだ。呆気《あっけ》にとられている結女をよそに、娘はつかつかと店内を歩いて、椅子に座った。

「どうしたの、急に」

「さっきの子、この間、うちの病院に入院してた子でさ」

「それは、その、聞いて知ってるけど」

「ちょっと雑談ていうか、話をしたんだけどね。そしたらさ、お母さんのお店のお客だって言うから」

「ひかりちゃんがそんなこと言ってたの？」

「私が店主の娘だって知らないから、すごい宣伝してくれてたよ。おむすびがほんとに美味しい、って、何度も。だから、なんか無性に食べたくなってさ。つい来ちゃった」

だめ？　と、秋穂が笑いながら首を傾けた。結女は、少し心を落ち着けて、カウンターに冷たいお茶を出した。

「だめなわけないじゃない、お店だもの」

「そっか、よかった」

「なんにする？」

「いっぱいあるなあ。迷う」

「どれでも、美味しいんだから」

娘が、ふふ、と笑って、これとこれとこれ、と、三つ頼んだ。選んだ三つは、昔から結女が作っていたものだ。きゅっと、胸が締めつけられる。

おむすびを作りながら、ひかりとその母親の話をする。ひかりは、せっかく毎朝来てくれるいいお客さんだったけれど、明日からは『結』に来る必要はなくなるだろう。正直、寂しい気持ちもある。でも、高校生の女の子にとっては自分の母親のおむすびを食べられる方が、きっと幸せだろう。

そんな話をすると、「商売っ気がないね」と、娘に笑われた。

しゃべりながらでも、手だけは勝手に動く。注文されたおむすびを皿に並べ、娘の前に置いた。おっきいね！と、娘が驚く。結女は、ちらりと入口に目をやった。こんなことを考えてはいけないと思うが、あともう少しだけ誰も来ませんように、と祈る。

「いただきまーす」

すっかり大人びた娘が、おむすびをほおばる。変わってしまったような、ずっと変わらないような。小学生の頃、運動会で山盛りのおむすびを喜んで食べていた姿を思い出す。

「どう？」

娘から出てくる言葉を待つ時間に堪えきれなくなって、結女は先に口を開いた。一つ目のおむすびを食べ終えた娘が、うん、とうなずく。

「お母さんのおむすび、って感じだね」

――やっぱ、美味しいわ。

笑った娘の後ろには、毛筆で書かれた『結』のキャッチコピーが貼られている。

おむすびは——。

闘え！　マンプク食堂

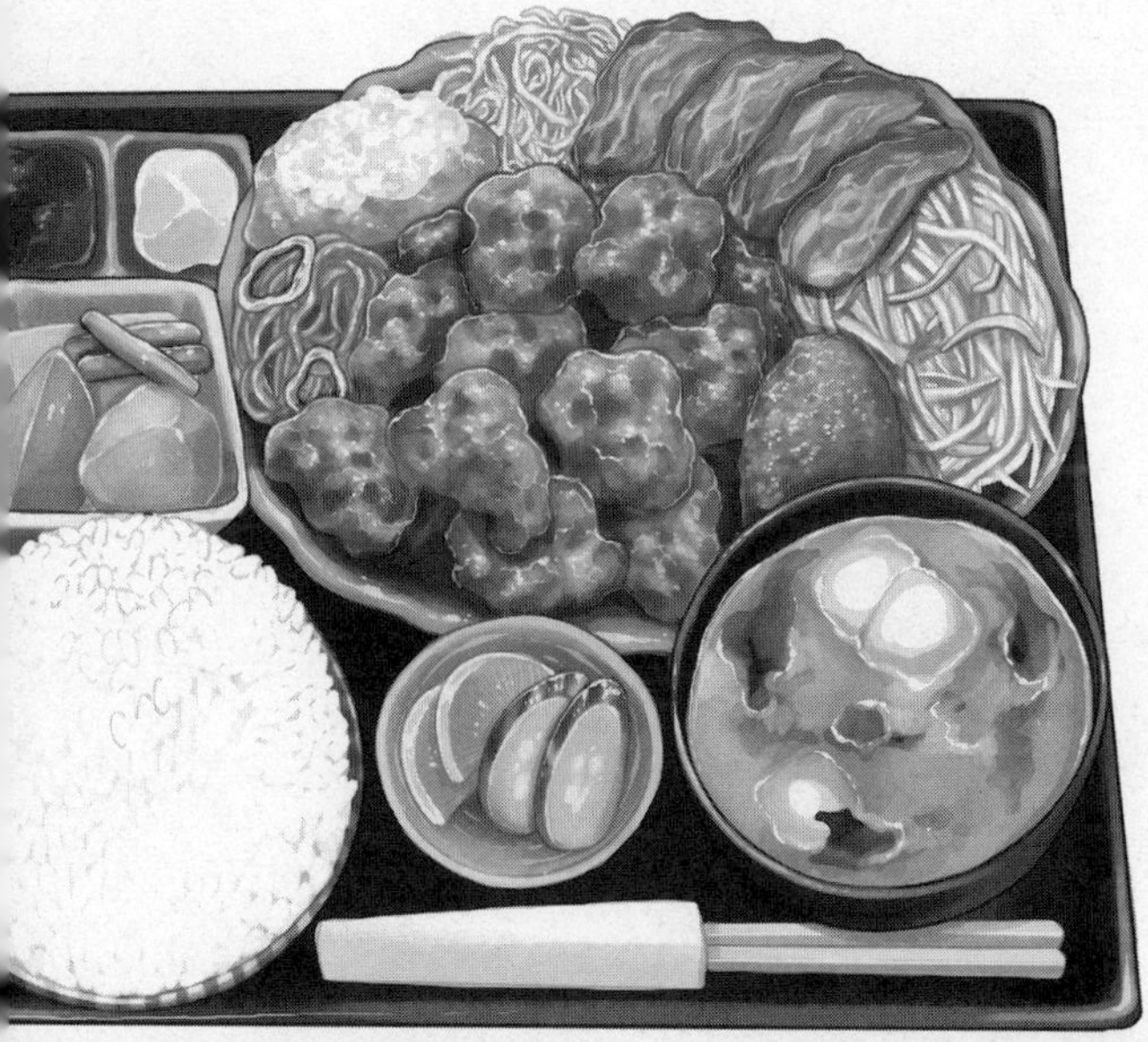

1

「おい、母さん」

「はい？」

「飯《めし》炊け。一升《しょう》。すぐに」

「え、一升ですか？」

佐藤幸代《さとうさちよ》は、腰に手を当てて仁王立ちをする夫の背中を見て、ため息をついた。一升といえば、生米でも一・五キロ、炊き上がり三キロ超になる量だ。昼時ならいざ知らず、客もほとんど来ない閉店一時間前になってから炊き足す量ではない。

夫がにらみつける入口の引き戸には、大きく「マンプク」という文字の入った暖簾がかけられている。午後八時を過ぎて、外はもう真っ暗だ。店内には作業服姿の男が二人だけ。向かい合って食事をしながら、賑やかに談笑していた。

『マンプク食堂さとう』は、佐藤伸行《のぶゆき》・幸代夫妻が経営する大衆食堂だ。地元商店街で四十年、食堂としては「老舗」と呼ばれる店になっている。モットーは、安い、旨い、多い。お客さんに、お腹いっぱいごはんを食べていってほしいという願いを込めて、屋号には『マンプク食堂』というたいそうな冠をつけている。

「今日は、来るぞ、ヤツが」

「いや、でも」

「早くしろ。負けるわけにはいかねえだろうが」

「だって、そんなこと言って、今週は二回もフラれてるじゃありませんか。もうね、家の冷凍庫にこれ以上ごはんは入りませんからね」

文句を言いながらも、幸代はシンクに置いた巨大なボウルに生米を掬い上げていく。重い米袋に、冷たい水。六十を過ぎた頃から、米炊きの作業が年々しんどく感じる。だが、夫は「俺がやってやろうか」などと優しい言葉をかけるような男ではなかった。職人気質《かたぎ》、女は三歩後ろをついてこい、という頑固な昭和の男である。幸代の作業には目もくれず、明日のおかずの仕込みをしている。

「おじさん、おかわりいいっすか？」

「菅原《すがわら》」と書かれた名札のついた作業服姿の若者が、空になった丼を片手によたよたとカウンターに近づいてくる。丼を受け取った夫が、年季の入った保温用ジャーにしゃもじを突っ込んでごはんをよそう。牛丼やらかつ丼やらを出すような大きさの丼に、白飯を山盛り。それが、マンプク食堂の「ごはん普通盛り」だ。

「あと、瓶ビールもう一本」

「おう、ずいぶん景気がいいじゃねえか」

「そうなんすよ。今日、給料日なもんで」

「先週もそんなこと言ってなかったかい」

「ウチらは週払いなんで、月四回給料日なんすよ」

菅原は親指と人差し指で〝円〟を作り、屈託のない顔で笑う。

「そうか、じゃあ、その日はビールをちゃんと冷やしておかねえとな」

客と他愛もない会話をしている間も、夫がごはんをよそう手は止まらない。いつの間にか、丼には小山のような飯の山が出来上がっている。

「おじさん、ちょっと、それ量ヤバくねえすか？」

「そんな図体《ずうたい》しやがって、なに言ってやがる。黙って食えっつうんだ、バカ野郎」

米粒のついたままの手で丼を渡しながら、夫は悪態をつく。さらに、おまけだ、と、分厚い焼き豚を一切れ、ごはんの山の頂上にのせる。菅原という若者は近くの工事現場で働いているらしく、最近は毎日のように訪れている。体も大きく、食べっぷりもいい。もりもりとごはんをかき込む客が来ると、夫はついついサービスをしたくなってしまうらしい。

菅原は、マジパネェ、などと若者らしい言葉で盛りのよさを表現しつつ、笑顔で席に戻っていく。けれど、同じテーブルにいる菅原の連れの若者はいたって普通の胃袋の持ち主であるらしく、丼によそわれたごはんの量に目を丸くしていた。

「ったく、もう、あんなにオマケして」

満足げな夫を見て、幸代はまたため息をつく。四十年もやってきて今さら言うことでもないが、夫の頭には、原価だとか、材料費という言葉が存在しない。客が、ウマい、腹いっぱい、と言って外に出て行く背中を見るのが、無上の喜びなのだ。

夫を尻目に、幸代は冷水でしっかりと研いだ米をガス炊飯器にセットする。米は創業当時から新潟産のコシヒカリにこだわっていて、大盛り店でありがちな、外国産の安い米は使っていない。「大衆食堂は白飯《シロメシ》が不味かったら終わり」というのが夫の持論なのだ。

「ごちそうさまっす」

作業服の二人は、財布を片手にカウンター端のレジまでやってきた。定食は全品七百五十円の明朗会計、ごはんのおかわりは無料だ。幸代は、いったん作業を止め、レジ打ちに入る。

「よう、腹いっぱいか、デカイの」

「いや、マジでもう無理っす。パンパンっす」

大柄な菅原が膨れ上がった腹をさすると、夫は大笑いしながら、また来いよ、と、油のついた手で菅原の肩を叩いた。苦しい、と言いながらも、菅原は幸せそうに笑いながら店を出て行く。その後ろ姿が好きだという夫の気持ちは、幸代にもわからないわけではなかった。

「風が吹いてきやがったな」

若者たちが外に出ると、びゅう、という風の音が聞こえた。暖簾が忙しくはためき、薄いガラスの引き戸を叩く。

「こういうときにな、ヤツぁ来るんだよ」

夫は頭に巻いたタオルを締め直し、肩をぐるぐると回した。お客さんに向かって、ヤツ、とはなんですか、という幸代の言葉は完全に無視だ。だいたい、夫が「ヤツ」と呼んでいるお客さんが前に来店したときは、小雨模様の天気だった。その前はきれいな満月の浮かぶ静かな夜だ。暖簾をしまうのが日課である幸代の方が、天気のことはよく覚えている。

「いいか、ヤツが来ても、いつも通りにしろよ」

「私はいつだっていつも通りですよ。おかしくなるのはお父さんじゃありませんか」

「うるせえな。男の真剣勝負に、女がアレコレ言うんじゃねえよ」

女性差別ですよ、そういうの、と、幸代は口を尖らせる。

時計の針は午後八時半を回ろうとしている。閉店まではまだ少しあるが、この時間になるともう、客はあまり来ない。昔は同じ商店街の魚屋さんの若い衆だとか、八百屋のとこの三兄弟とか、多くの常連が集まって賑わう時間だったが、今はもうそんなこともなくなってしまった。大きな商業施設が次々と郊外にできて客足が減り、昔ながらの個人経営店には、高齢化の波が押し寄せている。昔は地域でも随一の商店街として賑わっていたここも、今や昼でも薄暗いシャッター商店街だ。当時の面影はどこにもない。

「だいたいね、今日いらっしゃるかわからないじゃないの」

幸代がそう言って奥に引っ込もうとしたとき、引き戸が開く音がした。

——来たぞ。

夫の目が鋭く動き、狭いカウンター内に緊張が走る。夫は、客に見えないように手首を回し、腕の筋肉をほぐし出した。小さくなった背中がぐっと伸びて、体に力が入ったのが、後ろから見ている幸代にもわかった。

店に入ってきたのは、青白い顔をした、二十代後半くらいの若い男だった。だぶだぶのセーターによれよれのズボン、という格好で、背中には色褪《いろあ》せたリュックサックを背負っている。頬はこけていて、手首は女性のような細さだ。男は、一言もしゃべらず、一番手前のテーブル席におずおずと腰をかけた。

夫の目くばせを受け、幸代はコップとおしぼりを摑んでテーブルに向かう。店内の張り詰めたような空気につられて変に緊張してしまったのか、幸代が手に持ったコップの水が小刻みに波打っているのがわかった。

ご注文お決まりになりましたら、と、幸代は笑顔で決まり文句を伝える。大概の客は目を見て笑い返してくれるが、男は目を伏せたまま軽く頭を下げると、テーブル脇に置かれたメニューを手に取った。

たっぷり三分ほどメニューを吟味した後、男はか細い声で「すみません」と手を挙げ、これまたか細い声で、「唐揚げ定食」と注文をした。幸代が、唐定一丁、と注文を夫に知らせる。カウンターの中から、聞こえてらあ、という悪態が返ってきた。

「あのよ、ニイチャン」

カウンター越しに、夫が男に向かって声を張った。はじめは、話しかけられたという自覚もなくぽかんとしていた男だったが、ようやく顔を上げて、はい、と答えた。

「新しい米が、あと十分ぐらいで炊けんだけどよ、少し待ってもらってもいいかい。炊き立ての方がウマいからな。時間がありゃ、だけどよ」

男は、はたはたと瞬《まばた》きを繰り返していたが、待てます、とだけ答えた。表情は変わらない。

よし、と、夫は全身に力を込める。男はすぐにスマホとかいう機械をいじり出した。

数あるメニューの中でも、唐揚げ定食のボリュームには自信があるようだ。冷蔵庫からタレに漬け込んだ鶏肉を取り出し、片栗粉《かたくりこ》と小麦粉を絶妙に配分した揚げ粉を纏《まと》わせる。白絞油《しらしめゆ》を中心に、複数の油をブレンドした揚げ油に落とすと、じゅわ、という軽やかな音が響く。

子供の拳ほどの大きさはあろうかという大ぶりの唐揚げを十個、千切りキャベツの山に添わせるように置き、お新香と小鉢を一品、味噌汁をつける。普通なら、すべての皿が並ぶはずの四角いお盆も、あまりのボリュームに、ごはん茶碗が載らない。

ちょうど、ごはんの蒸らしも終わり、夫が満を持して最後の仕上げに入る。一番大きいラーメン用の丼に、炊き立ての白飯をこれでもかと積み上げていく。五合ほど盛り上げたところで、てっぺんにサービスの特製焼き豚を鎮座させる。サービスといっても、それだけで丼物一品分になりそうなほどの塊だ。

幸代は、ごはんをよそい終わるタイミングを見計らって、お盆を運ぶ。続いて、夫が山盛りの丼飯を持っていく。

「おかわり、まだあるからな」

まるで挑戦状を叩きつけるように、夫がごはんをテーブルに置いて、不敵な笑みを浮かべた。

「ありがとうございます」

男は、蚊の鳴くような声で礼を言うと、圧倒的なごはんの山を目の前にしても、さして動揺する様子もなく、箸立てから割り箸を抜き、両手を合わせて軽く一礼をした。パキン、と箸を割るなり、男は唐揚げを一個口に放り込む。普通の人間なら、三口、四口で食べきるところを、迷うことなく一口だ。熱さに顔をしかめながらも、あっという間に嚙み砕き、飲み下す。山のようなごはんの頂上にいる焼き豚も、わずか二口で口に収まった。次いで、小さな茶碗一杯分はあるのではないかという量の白飯を箸で器用に掬い上げ、一口で口の中にねじ込む。

気がつけば、五合の白飯の山はあっという間に消え去っていた。あの細い体のどこに飲み込まれていくのかと、幸代は半ば呆然と男の食事風景を見ていた。痩せの大食いとはよく聞く言葉だが、もはやそういう次元ではないように思われた。

だが、丼飯を食べきったところで、男は箸を置き、不安げにカウンターをちらちらと見た。さすがにギブアップか、と、夫が嬉しそうな視線を幸代に寄越《よこ》す。

「ニイチャン、どうした」

「すみません、あの」

——申し訳ないんですけど、おかわり、お願いできますか。

——できれば、さっきと同じくらいで。

——あと、生卵五個ください。

2

——カンパイだ！

朝食の時間、お茶を片手に夫がいきなりわめき出したので、幸代は、早朝からなにを浮かれているの、と眉をひそめた。

「違う、バカ。完敗。完全なる敗北だ、って言ってんだよ」

「ああ、そういうこと。いいじゃないですか。別に、勝負でもなんでもないんですし」

バカ野郎、と、夫がまた大きな声を出す。

結局、夫の言う「ヤツ」は、五合飯を二杯、つまりはごはん一升を軽々と平らげ、付け合わせのお新香から味噌汁まで、唐揚げ定食を完璧に食べ尽くした。まだ食べられる、といった様子の男に、「もう米がない」と謝ったことが、夫にはよほど悔しかったらしい。男は、別段腹を立てる様子もなく、いっぱい食べてすみません、と、頭を下げて帰っていった。

「マンプクを謳ってる食堂がよ、お客を満腹にさせられなかった上に、頭まで下げられたんだぞ？　こんなことがあっていいのか？」

「いいのか？って言われましてもね。あの子、底なし沼かってくらい食べますし」

「かくなる上は、おかずの量を倍にして、飯を専用に二升用意してだな」

「ダメに決まってるでしょ、と、幸代が一喝すると、夫は、ぐう、と唸った。

「そんなことしたら大赤字でしょ。今でも儲けなんかほとんどないのに」

「ジジババ二人暮らしに儲けなんかいらねえんだよ。金なんて、棺桶《かんおけ》には持っていけやしねえんだから」

「その棺桶用意するのだって、全部お金がかかるんですからね。ジジババ二人暮らしでもね、なにかと入用《いりよう》なんですよ。お父さんが考えもしないだけで」

「うるせえな、このクソババアが」

なんですって、と、幸代が牙を剝《む》くと、夫は、うるせえうるせえ、と怒鳴り散らしながら、そっぽを向いて畳に寝転がった。まるで子供だ。


男が初めて店に来たのは、三か月ほど前のことだった。閉店一時間前の閑散とした時間、男は一人でふらりと店に入ってきた。顔は青白くて、体はどこもかしこも細い。『マンプク食堂』という名の店にやってくる客とは思えない外見だ。

夫は、初めての客にはいつも、普通の食堂に比べてかなり量が多いことを説明する。男にも半ば忠告のように説明をしたが、大丈夫です、という答えが返ってきた。夫が、幸代と目を合わせて、本当にわかってんのかこいつは、と首を捻《ひね》った。

男は少し悩んで、カツカレー大盛りを注文した。大盛りは、ごはんとルウを合わせて約二・五キロ。そこに手のひら大のトンカツがのる。メニューに加えて以来、近所の大食い自慢たちが軒並み白旗を上げたメニューだ。これは大半が残飯になってしまうのではないかと危惧したが、予想に反して、男はあれよあれよという間にカレーを平らげてしまった。時間にして、二十分もかかっていなかった。


以来、週に一度、男は夜遅い時間帯にふらりとやってくるようになった。注文は、一品メニューなら常に大盛り、定食を頼むときはおかずがなくなる限界までごはんをおかわりしていく。けれど、店を出て行くときの男の顔は、明らかに他の客と違っていた。満腹だ、という満足感を見て取ることができないのだ。夫にとっても幸代にとっても、四十年で初めての経験だ。

「お前だって聞きてえだろ。ヤツが、腹いっぱいでもう食えない、って言うのをよ」

「そりゃそうですけど、でも、あの子の食べっぷりじゃ、少しお代を上げないとついていけないわよ」

ダメだ！　と、夫が怒鳴る。

「これ以上、客から金が取れるかってんだ」

「お客さんからお代を頂かないで、誰からもらうって言うの。材料費だってここ十年でどんどん上がってるんですし、もうそろそろ考えないと赤字ですよ」

「いいか、金が払えるんならな、ヤツだって腹いっぱい食ってくはずだろ？」

「それは、そうかもしれないですけど」

「ヤツはな、金がねえんだよ、きっとな。腹いっぱい食いてえのに、金欠で食えねえんだ。そんなかわいそうなヤツから、金が取れるかってんだ」

人でなしかてめえは、と、背を向けたまま夫は悪態をつく。

「そうは言ってもねえ、慈善事業じゃないんだから」

「わかってるってんだ、うるせえな」

バカ野郎が。夫が、力なく吐き捨てた。

3

午後二時。ランチが終わって、『マンプク食堂さとう』は、二時間の休憩に入る。

いつもなら、夫婦二人そろって賄いを食べ、夜の部の簡単な仕込みをした後、短めの仮眠をとる。だが、ここのところ夫は新メニューの開発に没頭していた。あちこちに電話をかけたり、料理の試作をしたりと、休憩時間も一切休まない。疲れが溜まるのではないかと少し心配になるが、幸代は口を出さないことにした。止めても無駄だということは、夫の背中を見ればよくわかる。

昔は二時から五時の休憩時間はなく、夜まで通し営業をしていた。夕方の時間帯は近くの私立高校の生徒たちが下校し始める時間で、午後三時を過ぎた頃から腹を空かせた高校生たちがひっきりなしにやってきたからだ。

近くの高校は運動部の活動に力を入れていることもあって、店には体の大きな少年たちがよく来た。柔道部、ラグビー部、相撲部。創業当時は、普通より少し盛りがいい、という程度の食堂だったのだが、子供たちの要望に応え続けているうちに、今のような超大盛メニューが続々と誕生してしまった。そしていつしか、『大衆食堂さとう』だった店は、『マンプク』という言葉を屋号の冠《かんむり》にすることになった。

小遣いに限りのある学生たちに、腹いっぱいのごはんを。

あの頃の夫は、あちこちに仕入れ値を下げてもらえるよう交渉をしたり、少しでも美味しくてボリュームのあるメニューを作ろうと夜中まで厨房に立ったりして、試行錯誤を繰り返していた。

けれど、十年ほど前からだろうか。近くの私立高校はしだいに学力重視に方針を変えていて、運動部の活動は縮小されつつある。全国区の強豪として名の知れた部も、一部は廃部になって、体の大きい生徒は昔ほど多くはなくなった。それに、最近の若者は

「ごはんを腹いっぱいに詰め込む」ということをあまりよしとしない。結果、『マンプク食堂』は一番のお得意様を失い、夫の情熱は行き場を失った。

若者たちが去り、商店街の人々も少なくなり、残った人間も歳を取っていく。大盛りごはんを求めてくれる人間は、どんどん少なくなっている。それでもなお、夫はマンプクにこだわっている。幸代が時代に合わせて量を減らすように言っても、今さら減らせるか！　の一点張りだ。

厨房で頭を抱える夫を見ると、繁盛していた頃の店の光景が思い出されて、胸が詰まった。お客さんは減り、自分たちも年老いた。人生のほとんどを過ごしてきた店だが、幸代は、あとどのくらい続けられるだろうか、と考えることが多くなった。

「おい、母さん」

「なに？」

「メンチを一個増やしてもいいか」

「メンチカツは、難しいわね」

このケチババア！　と、夫が悪態をつく。幸代が、なんですって！　と牙を剝こうとした瞬間、店の引き戸がからりと開いた。とっさに口をつぐみ、愛想のいい笑顔を作り上げる。

「あ、すみません、夜は五時からで――」

「お久しぶりです。ご無沙汰しております」

「あら、ええと、山本《やまもと》君かしら？」

暖簾の隙間から顔を覗かせたのは、山本という名の、かつての常連だ。幸代たちの息子が高校の柔道部にいた頃の一歳年下の後輩で、食べっぷりもよかった子だ。

「ずいぶん音沙汰なしだったじゃねえか、この恩知らずが」

「すみません、仕事が忙しくて、なかなかご挨拶に来られなくて」

久しぶりに来てくれた客にも、夫の容赦ない悪態が飛ぶ。

「お仕事、今はなにをなさってるの？」

「一応あの、テレビ番組の制作会社に勤務してます」

テレビ！　と、幸代は素っ頓狂な声を上げた。

「にしても、いつ以来かしらねえ。見違えたわねえ」

「就職して地元から離れる前が最後でしたから、もう十五、六年ですかね」

そうかい、もうそんなにかい、と、夫がつぶやく。

「おじさんもおばさんも、お変わりないようで」

「もう、じいさんばあさんだってんだ。見ろ、頭も薄くなってきちまったし、腰も曲がってきてる」

「でも、元気そうですよ」

スーツ姿の山本は、現役時代の筋肉質な体つきから変わって、ずいぶんぽっちゃりとしたように見えた。ふぅ、と息をつきながら、カウンターの椅子に座る。幸代が水を出してやると、すみません、と言いながら、一息で飲み干した。

「で、なんだい、食ってくのかい」

「いや、さすがに、ここの飯はもう食いきれないですよ」

僕もアラフォーなんで、と、山本は頭をかいた。

「最近はどいつもこいつもダメだな。小食ばっかりでよ」

「そうっすねえ。うちのガキも飯を全然食わねえんすよね」

「今、いくつだ」

「上の子が、今度中学に上がります」

「育ち盛りじゃねえか。もっと食わせてやれよ」

「それがね、一丁前に、ダイエットとかぬかすんですよ」

夫は、クソガキのくせに、と、大笑いをした。

「ところで、飯屋に来て飯も食わねえっつうなら、なんの用だ」

「いやね、近くまで来たもんで、せっかくだからと思いまして」

——先輩に、会いに。

山本の言葉に、夫は、ああそうかい、と、うなずくだけだった。

4

――おい、バカ野郎、まだ昼だぞ。寝るバカがいるか！

――お父さん、ね、もう、やめてください！

うるせえ黙ってろ！　という夫の声が、真っ白な病室に響く。

――昼だぞ、昼だ、飯の時間だぞ、おい！

――お父さん！

ベッドの上では、真っ白な顔をした息子が目を閉じようとしていた。体に差し込まれた管が痛々しい。手足は枯れ枝のように細く、頬は肉がなくなって、まるで骸骨に皮を貼りつけただけのようだった。

息子の口から、到底声とは言えない、ああ、というかすれた音が漏れた。夫はベッドに顔をねじこむようにして、息子に顔を寄せた。暴れる夫を止めようとしていた幸代も、思わず手を止めた。

――おい、なんだ、どうした！

息子はゆっくりと視線を夫に移し、か細い息を吐いた。

――はら、へった、よ。

動かない唇を懸命に動かして声にならない声を残し、そのまま息子は動かなくなった。幸代が泣き崩れる中、夫はいつまでも、なにが食いたいんだ！　作ってやるから言え！と叫んでいた。

5

「ありゃあ、忘れらんねぇよな」

長雨の季節が過ぎて、空は高く、きれいに澄んでいた。吹き抜けていく風は、もう肌を刺すほど冷たい。もうじき、風に乗って細かい雪が舞う季節だ。陰気なグレーの雲に押しつぶされそうな、長い冬がやってくる。

食堂から数分のところにある小さな寺の墓地には、人の姿はなかった。年老いた住職の母親が、表で落ち葉を掃く音だけが聞こえてくる。

「佐藤家之墓」と彫られた墓石は、夫の祖父母の代に建てられたもので、十五年前に亡くなった幸代の息子もここに眠っている。嫁に来た以上、幸代もいずれはここに入ると思っていたが、まさか先に自分の手で息子の骨壺《こつつぼ》を納めることになるとは思ってもみなかった。

息子は、小学校の頃から食欲旺盛な子だった。家が食堂だったせいもあったかもしれないが、とにかくごはんをよく食べた。あまりにも成長しすぎて、中学に上がる頃には、背丈も体重も夫を抜いてしまったほどだ。

中学で柔道をやり始めてから、その食欲はさらに膨れ上がった。一日五食、毎日一升は米を平らげた。夫が大盛りメニューだらけの『マンプク食堂』を作ったのは、息子の食欲も一つの要因であったかもしれない。

息子は大飯を食らって家計を圧迫する分、柔道には真剣に打ち込んだ。メキメキと実力をつけ、規模の大きな大会でも優勝するようになった。お陰で、近所の私立高に学費免除のスポーツ特待生として入学することができた。学費免除でなかったら、経済的に私立高には行かせてやれなかっただろう。幸代にとって、息子は誇りだった。

「あんなにバカみてぇに飯ばっかり食ってたガキがよ、一口も飯が食えなくなっちまうんだからな。神様はひでえことしやがるよな」

高校三年、最後の大会を前にして、息子は手に力が入らない、と訴えるようになった。柔道では、技をかけるために相手の胴着を摑まなければならない。握力がすべてというわけではないが、手に力が入らないのは由々しき問題だった。練習の疲れか疲労骨折か、と思っていたが、念のためと思って検査に行った大学病院で、幸代は医師から驚くべき病名を告げられた。

――筋萎縮性側索硬化症《ALS》。

初めて聞いたとき、幸代にはなんのことかさっぱりわからなかった。聞けば、全身の筋肉がマヒし、萎縮してしまう病気だという。

病気とわかってからたった一年の間に、症状はどんどん悪化した。はじめは手が使えなくなり、次に足の筋肉が萎縮して立つことができなくなった。やがて、食べ物を飲み込むための機能も低下して口から食事をすることさえできなくなり、大柄で逞《たくま》しかった体は、見る間に痩せ細っていった。

ＡＬＳが残酷なのは、体が動かなくなり、声すら出すことができなくなっていくのに、脳はまったく衰えないということだ。息子は、頭は育ち盛りの少年のまま、体が寝たきりの老人のようになっていった。

――はらへった。

筋肉が弱っていよいよ声が出なくなると、意思の疎通はメッセージボードを使うしかなくなる。幸代が持つ透明なボードに書かれたひらがなを、息子が目だけで一字一字追って意思を伝えてくるのだ。たった一言交わすにも大変な思いをするというのに、息子の一言目は、いつも決まって「はらへった」だった。

息子は結局、寝たきりのまま四年半生きたが、最期は合併症を起こして力尽きた。

「もう、喉が動かねえんだから、飯なんか食えっこねえんだ。でも、あいつはよ、毎日毎日、腹減った、腹減ったばかりでな」

「俺、一度、お見舞いに行ったんですけど。先輩が痩せててショックだったのを覚えてますよ。今でも思い出します」

あの、誰よりもデカくて強かった佐藤先輩が。と、山本は声を詰まらせた。

「食い意地ばかり張りやがってな。バカ野郎が」

山本が唇を震わせながら、そうなんですよ、とうなずいた。

「先輩、練習中もずっと飯のことばっかり考えてるんですよ。あともう少し汗かいたら、あともう少し練習したら、この後の飯がもっとウマくなるんだ、とか」

「そりゃ、あいつらしいや、な」

「いつも、おじさんの飯が、世界一ウマいんだって言ってたんですよ。おじさんの飯を腹いっぱい食べたいから、力を出し尽くすまで一生懸命練習するんだって」

線香を供えると、墓石を見つめる夫の目が見る間に真っ赤になっていった。唇を結び、喉をついて出そうになるため息を、必死に鼻から抜いてごまかそうとしている。幸代は堪えきれなくなって、思わずハンカチで両目を押さえた。

「食堂のオヤジが、腹減ったたって言うせがれに、なんにも食わしてやれなかったんだ」

こんなに情けねぇことはねえよな、と、夫は血を吐くように一言絞り出すと、しばらく口を閉ざしたままだった。

6

そろそろ戻ろう、という夫の言葉をきっかけに、幸代たちは寺を後にした。車道脇の緩いカーブが続く歩道を、三人一列になって歩く。腰の高さのフェンスの向こうには、緑地公園ののどかな風景が広がっている。さらにその向こう、高台の上に、息子や山本が通っていた高校の校舎が見えた。

先頭を歩いていた夫が急に足を止め、幸代が軽く背中にぶつかった。なに、と顔を上げる。立ち止まった夫は、ゆっくり振り向くと、大きく息を吸って吐いて、を、何度か繰り返した。

「潮時ってやつかもな」

「潮時？」

「閉めちまおうか、店を」

え、と、幸代と山本が同時に声を上げた。

「閉めるって、やめちゃうってことですか、おじさん」

「もうなあ、今日び、腹パンパンにして幸せ、なんて、みんな思わねえんだろうな。客もずいぶん減ったしよ」

時代の流れってやつよ！　と、夫は変に明るく、声を張った。

「お父さん、でも――」

「なんかな。あいつに飯食わしてやれなかったのが悔しくて、俺ぁ、意地になってここまでやってきたんだわ。でも、それがあいつの供養になるわけじゃねえもんな」

夫は、幸代に向かって「付き合わせて悪かったな」と、笑った。そんなことを言われたら、言い返すことも、文句を言うこともできやしないじゃありませんか。幸代は、いつの間にか骨ばってしまった自分の手を、ぎゅっと握った。

「俺としては、やっぱり寂しいですけど」

「そう言ってくれる人間がいるうちが華ってもんよ」

山本は母校の校舎を見ながら、ぽってりと飛び出した自分の腹をさすり、ため息を一つついた。

「あの、おじさん。やっぱ俺、今日ごちそうになっていきますわ」

「そうか。もう最後だからな。サービスしてやる」

あ、いや、サービスはいいです、と、山本は苦笑いを浮かべ、懸命に首を横に振った。


——おい、危ねえだろ！　なにやってんだ！

突然、聞き覚えのある声が耳に飛び込んできて、幸代は車道の向こう側に目をやった。防音壁に囲まれた工事現場の入口が開いていて、中の様子が見えている。声の主は、店によく来る、あの菅原だ。なにをしゃべっているのかはわからないが、店にいるときの朗らかな様子とは違って、えらい剣幕だ。菅原は、目の前の男を激しく叱責しているようだった。

怒られている男は、何度も頭を下げ、謝罪を繰り返していた。足元を見ると、金属製の長い棒が散乱している。おおよそ、運んでいる最中に取り落とし、ばらまいてしまったのだろう。

パチン、と一発、ヘルメット越しに男をひっぱたき、菅原は奥に引っ込んでいった。後に残された男は、ヘルメットを一度脱いで汗をぬぐい、取り落とした金属棒をまとめようとしゃがみこんだ。

「お父さん、あの子」

青白い顔に、細い腕。紛れもない。それは夫の言う「ヤツ」だ。店にある日突然ふらりとやってきたのは、この現場で働くことになったからだろう。

「おい、母さん」

「は、はい、なにかしら」

「酒屋に瓶ビールの追加頼んだのいつだ」

「瓶ビール？　先週でしたら、木曜日に」

「その前の週は？」

「木曜日でしたかねえ、やっぱり」

そうか、じゃあ今夜だな、と夫はうなずき、また先頭を切って歩き出した。

7

「無理しなくていいのよ、山本君」

はひ、と、鼻から息を吹き出しながら、山本がゆっくりとごはんを口に運ぶ。目の前には唐揚げ定食。八割がた食べきってはいるが、そこから箸が進んでいない。山本はズボンのベルトを緩め、顔を扇子であおぎながら、なおもごはんと格闘する。幸代は笑いながら、頑張ってね、と、汗でびっしょり濡れた山本の肩を叩いた。

隣のテーブルには、きれいに食べ終えた定食二セットと、空のビール瓶がいくつか残されていた。今しがた、菅原と連れの男が腹をさすりながら帰っていったばかりだ。

「おじさん」

「なんだ、ギブアップか？」

いいや、食います、と、山本は空元気を出して応える。

「あの、面白いもんてなんですかね」

寺からの帰り道、夫は「面白いもんを見せてやるから、夜までいろ」と、山本を強引に引きとめた。山本はせっかくの休暇だというのに、「飯一食無料」という条件で、仕込みやら洗い物やらを手伝わされることになった。

夫が、店の壁掛け時計に目をやって、もうちょっとだ、とつぶやく。

時刻が午後八時半を回り、店には山本以外の客はいなくなった。商店街を歩く人の姿も消え、たいていの日は閉店時間までなにも起こらずに一日が終わる。店の中には、大型冷蔵庫のモーター音と、天井に備えつけのブラウン管テレビに映る野球中継の音だけが響いていた。

だが、夫はしゃんと背筋を伸ばし、なにかを待つように入口を見続けている。夫がなにを待っているのか、当然、幸代もよくわかっている。

静けさの中、山本が最後の一口を口に入れたのと同時に、引き戸が開いた。お客が顔も見せないうちに、夫が、いらっしゃい！　と声をかける。入ってきたのは、「ヤツ」こと、痩せの大食い男だ。今日は来る、という夫の読みが、見事に的中した。

いつものように、男は一番手前のテーブル席に座り、背負ってきたリュックを下ろした。幸代が水とおしぼりを置くが、特に反応はない。

男がメニューを手に取ると、夫がおもむろにカウンターから出てきて、なにを思ったか、男の正面に座った。男は目をしばたたかせながら、悪さをした子供のように、視線を下に落とした。

「名前は」

「え、あの」

「ニイチャンの名前だよ」

　男は、小さな声で、木下《きのした》です、とつぶやいた。

「よく食うな。すげえな。昔っから、あんなに食うのか」

「いや、あの、すみません」

　木下はリュックを抱えると、頭を何度も下げながら立ち上がり、店を出て行こうとした。夫が、おいおいおい、と声を張って木下の両肩に手を置き、無理やり席に座らせた。

「なんで謝るんだよバカ野郎。客だろうが、ニイチャンはよ」

「いや、あの、よく怒られるんで、僕」

「怒られる？」

「食べ放題のお店で調子に乗って食べすぎてしまって、よく言われるんです。もう来ないでほしいって」

　夫はまた、バカ野郎、と大声を出した。かわいそうに、木下は肩をびくりと震わせて、今にも泣き出さんばかりだった。

「ニイチャンはよ、どれくらい食えるんだ」

「どれくらい、でしょう。わかりません」

「わからねえって、満腹だ、もう食えねえ、ってのあるだろうが」

　木下は、小刻みに何度か首を振った。

「わからないです。たぶん、お腹いっぱいになったことがないので」

こりゃ、おったまげたな、と、夫は腕組みをしながらため息をついた。そして、幸代に向かって、アレを持ってこい、と怒鳴る。はいよ、と、幸代は一枚の紙を渡した。

「今日はなあ、ニイチャンに、おすすめがあんだよ」

「おすすめ、ですか」

「新メニューだ、うちの」

紙には、毛筆で書かれた「マンプク定食」という字が躍っている。ごはん、味噌汁はおかわり自由。揚げ物から焼き物まで、ありとあらゆるおかずの名前が書かれている。

「すごい、たくさん」

「そうだろう」

「でも、あの、僕、今日は千円しかないんで」

「あら、値段書き忘れちゃったわ。それ、九百五十円なの」

横から、幸代が口を挟むと、これだから女は、と夫が皮肉を言う。幸代は、女性差別ですよ、と、舌を出した。

「九百五十円？　この量でですか？」

「ほんとはな、他の定食と同じ、七百五十円で出してやりたかったんだけどよ。二百円あがっちまった。勘弁してくれな」

「いや、それでも、儲けとか、ないですよね？」

「ガキが余計なことを気にしなくていいんだよ、バカ野郎」

木下は、すみません、とまた頭を下げた。

「ウチにはせがれがいてな」

「はあ」

「もう十五年も前に死んじまったんだけどよ。病気で飯が食えなくなっちまってなあ。流動食を胃に管で入れても食った気がしねえのか、腹減った、腹減った、って言いながら死んでった」

「そう、なんですか」

「腹が減ってるのに、腹いっぱい食えねえってのは辛《つれ》えもんだ。な、そうだろ？」

「は、はい」

「実はな、俺ぁ、ボチボチ引退してだな、店を閉めようと思ってる」

木下はようやく顔を上げ、目を丸くして、口を開けた。

「それは、やめちゃうってことですか」

「そうだ。もう歳だからよ。四十年のご愛顧に感謝感激雨アラレってやつだ。だけどよ、俺には一つ心残りがあんだよ。そのせいで、すっきりとやめられねえんだ」

ニイチャンのせいでな、と、夫は木下の肩に手を置いて、目を真っすぐに見た。

「僕の」

「ウチは『マンプク食堂』って名前でやってるもんでね。来た客には、腹いっぱいになって、幸せになって帰ってもらわねえとよ、看板に偽りありってことになっちまう」

「すいません」

「とはいえ、ニイチャンの胃袋はハンパじゃねえ。だから俺は、特別メニューを作ったってわけよ。九百五十円じゃ確かに儲けはねえが、昔のツテを頼って、いろいろ安く食材を卸してもらったからな。この値段でトントンだ。後ろのケチババアも了解済みだ」

ケチとはなんですか、と、幸代は反射的に反論した。

「どうして、そんな」

「まあ、他に頼みてえものが決まってたら、無理にとは言わねえよ」

夫は席を立ち、定位置であるカウンターの内側に戻った。木下はしばらく落ち着きのない様子で周りをきょろきょろと見まわしていたが、か細い声で、じゃあこれを、とつぶやいた。

「おい、股の間にイチモツぶら下げてんだろうが！　もっとでっけえ声出せよ！　こっちはジジイで耳が遠いんだよ！」

「お、おねがいします！　マンプク定食！」

夫の迫力に驚いた木下が、聞いたことのない大声でオーダーをした。幸代が伝票にボールペンを走らせながら、マンプク一丁！　と声を張り上げる。聞こえてらあバカ野郎め、という夫の声が、勝負開始の合図だった。

「おかずは、その紙に載ってる限り。飯は、今残ってる分が全部なくなるまでおかわりしてよしだ。ニイチャンが腹いっぱいになったら俺の勝ち、ならなかったら俺の負け」

山本が幸代に「これ、いったいなんの勝負なんですか」と囁《ささや》いた。幸代は、手に中華鍋を持ったままフライヤーの前に立った夫の背中を見ながら、自分との勝負じゃないかしらね、と答えた。

揚げ物が揚がる小気味よいパチパチという音。中華鍋から時折火炎が噴き上がり、お玉のカンカンという金属音が聞こえてくる。唐揚げ、白身魚のフライ、もやし炒め、コロッケ。そして特製の焼き豚。見ているだけでもおなかに溜まりそうなおかずが次々出来上がり、山盛りの千切りキャベツとケチャップで炒めたスパゲティをのせた皿に積み上げられていく。幸代は夫の調理の具合を見て、素早くお新香と小鉢、味噌汁を出した。

出来上がったのは、まさにおかずの要塞だった。知人から破格の安値で卸してもらった鶏肉を使った唐揚げは、圧巻の二十個。ごはんは大きな陶器製のサラダボウルに山盛り。それだけで一升はある。総重量は六キロ近く。テーブルいっぱいに並んだ飯の山脈を見て、山本が目を真ん丸にしながら、マジか、と口を開けた。

「いただきます」

顔色一つ変えずに、木下は割り箸を割る。

木下が箸を手にした瞬間から、驚くべき速さで食べ物が飲み込まれていく。箸の動きに淀《よど》みはなく、手は止まらない。冗談のような量のごはんが、着実に減っていく。

「すみません、おかわりを」

食べ始めてから三十分ほどで、山のようなごはんがなくなった。すかさず、夫が二杯目を盛る。ごはんの量は、二杯で七キロ。おかずと合わせると、十キロ近い量だ。

だが、二杯目に入った頃には、おかずもずいぶん減っていた。木下がちらりとカウンターを見ると、夫が二つのボウルを渡した。一つには生卵、一つにはカレーが入っている。

「こいつぁ、サービスだ」

「ありがとうございます」

それは、すさまじい光景だった。幸代などは見ているだけで頭痛がしてきそうな量の食べ物が、どこまでも木下の胃袋に収まっていく。このまま、ブラックホールのような木下がすべてを飲み込んでいくのかと思われた矢先、どことなく空気が変わったのが幸代にもわかった。

二杯目のごはんを四分の三ほど食べ進めた辺りで、明らかに木下の表情が変わった。食べるペースがガクンと落ち、箸の動きに余裕がなくなってきた。それでも、木下は食べることをやめない。なにかに取り憑《つ》かれてしまったかのように、一心不乱にごはんと格闘する。

「あの」

ごはんを口に入れながら、突然、木下が口を開いた。それまで、カウンターの中で険しい顔をしていた夫が、ほんの少し、肩の力を抜いたように見えた。

「なんだい、ニイチャン」

「うちは、僕が小さいときに、両親が離婚しまして、今は母と二人暮らしをしてます」

「そりゃ、大変だっただろうな」

「小さい頃から、ずっとお腹が空いていました。人並みの食事をしても、三十分も経たないうちにお腹が空いちゃうんです。食べても食べても、また食べたくなってしまう」

「どうなってんだかな、ニイチャンの胃袋は」

「母は一生懸命働いてくれましたが、家は貧乏でした。お米を買うお金も厳しくて。たまに、奮発して食べ放題のお店に連れていってくれたんですけど、僕があまりにも食べすぎるので、途中で追い出されたり、人に指をさされたり」

「まあ、店も商売だからなあ。同情はするけどな。どっちにも」

「ずっと、食べることは悪いことなんだと思ってました。みんなが言う、お腹いっぱい、の意味がわからなかった」

木下は、それまで握りしめていた箸を置き、服の袖で、ごしごしと目をこすった。続けざまに、ぼたぼたと涙がこぼれ落ちて、ほとんどなにもなくなった皿に落ちた。ボウルには、一合分ほどのごはんがまだ残されていた。

「でも、あの、僕、今」

――お腹が、いっぱいです。

ゆったりとした上着の上からでもはっきりわかるほど膨らんだ腹に手を置き、木下は顔をくしゃくしゃにして泣いた。四十年の間にずいぶんくすんでしまった店内に、空気を引き裂くような木下のすすり泣きが響く。突然の決着に息を呑む幸代の前で、夫の背中が一度大きく膨らみ、そしてまた縮む。

――そうかい。

――マンプクかい。

8

「あの子、勝ちますかね」

「ヤツが負けるわけねえだろうが」

午後九時の閉店時間。幸代はいそいそと暖簾を下ろし、店内に戻った。夫がリモコンでテレビのチャンネルを合わせると、時間きっかりに番組がスタートする。タイトルは、「極限フードバトルMAX」というたいそうなものだ。番組の内容はいたって単純で、制限時間内にどれだけ多くの食べ物を食べられるかを大食い自慢たちが競い合う、というものだ。

テレビに、あの頼りない木下の顔が映った。幸代は急いで夫の隣に座り、お父さん、あの子が、と興奮しながら夫の膝を叩いた。

「黙って観てろよ、バカ野郎が」

出演者は、夫や幸代の知る「大食い自慢」とは違うタイプの人間がほとんどだった。体格のいい人間はほとんどおらず、木下のような極端に華奢《きやしや》な人間も含め、見た目は普通の人ばかりだ。中には女性もいる。この世界には「フードファイター」なる職業の人間がいて、大食いがスポーツ競技のようになっているということを、幸代は初めて知った。

番組では、選手紹介として、木下の生い立ちをまとめたVTRが作られていた。両親が離婚し、貧乏生活を余儀なくされたこと。幼い頃から自身の食欲に苦しんできたこと。今は工事現場で過酷な仕事をしていること。給料が入った日にだけ、自分へのご褒美として、近所の定食屋に通っていたこと。

——こちらが、そのときに食べていた、マンプク定食ですね！

レポーターが、カメラに向かって、すさまじい量のごはんを映し出す。後ろでカチカチに固まった夫と、幸代の顔も映った。

「やだ、私、あんなに老けてたかしら」

「ほんとに、テレビに出ちまったじゃねえか、ウチが」

番組に木下が出ることになったのは、テレビ関係の仕事をしている山本がきっかけだ。あまりの大食いに度肝を抜かれた山本が、大食い番組の企画をしているプロデューサーに木下のことを紹介したらしい。出演の依頼が来たとき、木下ははじめ断ったそうだが、結局出ることを決めた。

——『マンプク食堂さとう』さん。

——多いだけじゃなくて、本当にごはんが美味しくって。

テレビの向こうで、木下が頬を紅潮させながら、インタビューに答えている。

「あの野郎、ずいぶん宣伝しやがったな」

「ありがたいじゃないの」

「もうやめちまおうって店だぞ。今さら宣伝してもしょうがねえだろうが」

ありがた迷惑だな、と毒づきながらも、夫が鼻の穴を膨らませている。

番組が進み、木下は見事に決勝に残った。決勝戦は木下を含む男二人、女一人で、カレーライスの大食い対決をすることになった。制限時間三十分以内に、一番多くカレーを食べた者が優勝だ。開始の合図と同時に、全員がまるでゼリーでも食べるようにカレーを飲み込んでいった。あっという間に、きれいになった皿が積まれていく。

二十分が経過した頃、唯一の女性参加者が減速し、木下と、もう一人の男の一騎打ちとなった。

「いけ！ 食え！ 飲め！ 飲んじまえ！」

夫と幸代の熱烈な応援もむなしく、最後の最後で木下のスプーンが止まった。結局、木下は約八キロものカレーを平らげたが、準優勝に終わった。一位の男は、最後まで止まることなく、十キロのカレーを食べきっていた。

「おい、負けちまったじゃねえか、あのバカ野郎」

「世の中、すごい人がたくさんいるのねえ。びっくりね」

幸代はＣＭに入ったテレビの音量を下げながら、感嘆のため息をついた。目の前で見た木下の食事は、人知を超えた魔法のように見えていた。だが、それ以上の胃袋を持った人間がこの世にいるのだ。にわかには信じがたい思いがした。

「まだ、ヤツみたいなのがいるかもしれねえな」

「みたいなの？」

「腹が減ってるのに腹いっぱいになれない、かわいそうなやつらだよ」

幸代が、そうね、と答えるのとほぼ同時に、入口の引き戸がそろりと開いた。

「今日、もう終わりっすか」

戸の隙間から髭《ひげ》むさい顔を覗かせたのは、菅原だ。夫が、まあいい入れ、と言うと、菅原は嬉々として大きな体を扉の間に通した。後を普通サイズの若者が続く。

「あ、おまえ」

二人の後について最後に店に入ってきたのは、木下だった。夫は、人差し指を立てて、木下とテレビを交互に指した。幸代は、生放送なわけないでしょう、と、呆れる。

「おじさん、テレビ観ました？」

「ああ、観たよ」

「こいつ、ずっとうちの現場にいたのに、大食いだってこと黙ってやがったんすよ。マジでびっくりして、急遽《きゅうきょ》連れてきちゃいましたよ」

な！　と菅原が木下の背中を叩く。

「ちょっと、見せてくれよ、食うとこ」

青白い顔の木下は、どぎまぎしながら、はい、と弱々しい返事をした。そのまま、無理やりテーブルに座らされる。

「お兄さんたちはこっちよ」

木下の隣に座ろうとした二人を、幸代が別のテーブルに移動させた。木下が食べる量の食器を並べると、二人分の食器を置くスペースがなくなってしまうのだ、と幸代が説明すると、菅原と連れの若者が、おおお、と興奮の声を上げた。

「あの」

木下が、夫に向かって恐る恐る声をかけた。

「どうした、ニイチャン」

「お店、いつまで開けてもらえるんでしょうか」

少し言葉を詰まらせた後、バカ野郎、と、夫は大きな声を出した。

「すみません」

「俺はなあ、まだ、見てねえよ」

「見てない？」

「ニイチャンがよ、腹いっぱい、って言いながら、笑って帰っていくところをだよ」

前は、男のくせにピーピー泣きやがって、と暴露されて、木下は顔を真っ赤にしてうつむいた。お客のプライバシーをないがしろにするんじゃないわよ、と、幸代は夫を叱りつける。

「よう、で、なんにすんだ」

俺、唐揚げ大盛り、と、菅原が勢いよく手を上げる。連れの男は、カツカレー普通盛り、と、やや控えめな注文をした。幸代は、唐定大一丁、カツカレー一丁、と、カウンターに向かって注文を繰り返す。もちろん、聞こえてらあ、という悪態が返ってくる。

「おまえはどうすんだ」

木下がおどおどした様子で、マンプク定食を、と注文した。

「声が小せえんだよ。耳が遠いって言っただろうが」

「マンプク定食！」

木下が、張りのある声で注文をし、初めて見る、満面の笑みを浮かべた。幸代は素早く伝票にボールペンを走らせて、マンプク一丁！　と夫にバトンを渡した。

「聞こえてらあ、うるせえな」

耳が遠いんでしょう？　と、幸代は皮肉を言いつつ笑った。

「お父さん」

「なんだ、うるせえな」

「もう少し、続けないとだめですね、お店」

夫の背中が、うきうきと躍っている。まだまだ、お腹を空かせている人間は、世界にあふれているのだ。みんなが笑顔で、腹いっぱい、と言うまで、夫の闘いは、きっと終わらない。幸代は中華鍋を振る夫の背中を眺めながら、その動き、あと何年続けられるかしらねえ、と、笑った。

或る洋食屋の一日

1

――二十一時十五分。

洋食店『グリル月河軒《つきかわけん》』の閉店時間を少し過ぎた頃、奥のテーブル席に座っていた老年の紳士がゆっくりと席を立った。厨房の椅子に腰かけていたオーナーシェフの前沢永吾《まえさわえいご》は、よいしょ、と腰を上げて客席スペースに出る。老年なのは永吾も一緒だった。一日の営業を終える頃には、腰の痛みが堪えがたいものになっている。

老紳士の帰り支度を待つ間に、妻の小春《こはる》がレジに立った。店内にはもう他に客の姿はない。

「いかがでしたか」

「いや、いつもながら、旨かったよ」

久々に来店した老紳士は、『月河軒』の看板メニューであるビーフシチューを注文し、ワインとともにゆっくりと食事を楽しんでいた。老紳士の注文は昔から毎回変わらない。

今日、ただ一つ変わったのは、向かい側の席にいつも一緒にいた奥様の姿がなく、いつもフルボトルで注文するワインが、ハーフボトルになったことだ。

「勿体《もったい》ないことをしてしまって、すまないね」

「いえいえ、そんな」

落ち着いた臙脂色《えんじいろ》のクロスを敷いたテーブルの上には、手つかずのままの料理が残されている。グラスに注がれたワインに、小皿に取り分けられたパン。そして、ドミグラスソースをたっぷりとかけたオムライス。だが、ふわりと仕上げられた卵も自慢のソースも、もうすっかり冷めてしまっていた。

「結婚記念日は、家内と外食をすることに決めていてね」

「そうでしたか」

「一度、有名なフレンチの店に行ったことがあるんだ。とんでもない高級店でね。料理は実に旨かった」

「それはなによりで」

「でも、妻はやっぱりここがいいと言ってね」

「それは、光栄なことで」

「今日は結婚記念日というわけではなかったんだが、どうしても、もう一度だけ妻とここで食事をしたくなったのでね」

食事の間、老紳士は手元に置いた写真立てを愛《いと》おしそうに眺めていた。永吾は厨房からちらりと見ただけだったが、きっと、穏やかな笑みを浮かべた品のいい老婦人の写真だったのだろう。目には見えない老婦人は、果たして永吾の料理を楽しんでくれただろうか。

「歳を取るというのは、やっぱり嫌なことだね」

勘定を済ませると、老紳士は軽く帽子を上げて店を後にした。もうきっと、彼と会うことはないだろう。老紳士を追うように、永吾と小春は外に出た。商店街から一本入った寂しい裏路地。ステッキを持った老紳士が静かに去っていく。永吾は、ありがとうございました、と頭を下げた。少しかすれてしまった声が、老紳士の耳に届いたかはわからない。

「終わりましたね」

老紳士を見送った小春が、ぽっちゃりとした体を揺らして息をついた。

「おつかれさん」

コック帽を脱いで薄くなった頭頂部を撫でると、体からすとんと力が抜ける。一日の営業を終えた疲れは長年の間に少しずつ蓄積して、心地よい疲れとは言い難い重さになっている。もう、昔のように無理は利かない。歳を取るのが嫌だ、という老紳士の言葉はよくわかる。

振り返ると、開店から長い月日をともにした『月河軒』の建物が目に入った。洋館風の外観に惹《ひ》かれて購入した物件で、一階は店舗、二階は居住スペースになっている。これまでに何度か補修もしてきたが、築年数相応のガタが来ている。まるで俺のようだな、と、永吾は苦笑した。

「おい」

「なんです？」

「これ、どうしようか」

「これって？」

外の看板の電源コードを引っこ抜いた妻が、永吾の指がさす掛札を見る。古めかしい扉に引っかけられた札は、表に「営業中」、裏には「準備中」と書かれている。いつもはなにも考えずにひっくり返していただけだが、今日はそうもいかない。だが、小春は「どうしよう」の意味がわからないのか、怪訝《けげん》そうに首を傾《かし》げた。

「準備中、ってのは、おかしくないか」

「なにがです？」

「だって、明日の営業の準備はしないじゃないか」

「そんなの、誰も気にしませんよ」

だがなあ、と、永吾は表裏を何度かひっくり返しながら唸った。

『グリル月河軒』は、本日をもって営業を終了するからである。

2

——午前六時四十五分。

『月河軒』最後の一日は、いつもと変わらない目覚ましの音で始まった。今日一日の営業で店終《みせじま》いとはいえ、やることはいつもとあまり変わらない。永吾は六時四十五分に起床し、十五分ほどで歯磨き洗顔など身だしなみを整える。少しだけ新聞に目を通した後、下の階の厨房に向かう。朝食は取らない。腹がふくれてしまうと、味見の際に微妙な差がわからなくなってしまうからだ。

最初の作業は、ドミグラスソースの火入れだ。仕込んでおいたソースの鍋を火にかけ、じっくりと温めながら味を調える。このドミグラスソースこそが、永吾の料理の命だ。『月河軒』は本格的な洋食を気軽に食べてもらうことをコンセプトにしているが、ドミグラスソースだけはコスト度外視、材料も手間も、一切の妥協無しだ。

だが、この「命のドミグラスソース」を作るのは、どうにも骨が折れる。

なにしろ、完成までにまるまる一週間はかかってしまうのだ。

仕込みの一日目は、ベース作りだ。大量の牛すじ肉と仔牛《こうし》の骨をオーブンでローストし、炒めた香味野菜やトマトピューレに水を加えて寸胴で煮込む。一時間ほど灰汁《あく》をこまめに掬い取ったのち、ブラウンルウと呼ばれる茶色いルウを溶かし込む。

ブラウンルウは、オーブンで肉を焼いたときに出た脂を漉《こ》し、小麦粉と合わせてじっくり焦がしたものだ。理想の焦がし加減にするには、一日一時間ずつ、二日にわたってゆっくりと作らなければならない。二日がかりで完成したブラウンルウを溶いた「ソースの原型」は、翌営業日の朝から夜までずっと火を入れて、半量になるまで煮詰められる。「ドミ・グラス」とは、フランス語で「半分に・煮詰める」という意味だが、まさにその名の通りというわけだ。

営業時間中は、客の注文をさばく間を縫って、暇さえあれば大きな木べらでソースをかき混ぜる。営業終了後は前日と同じ量の骨と肉を焼き、香味野菜と一緒に前日のソースと合わせる。そしてまた翌日の朝から晩までかけて半量になるまで煮詰め、営業終了後に漉し機《シノワ》で丁寧に漉す。

これを、六日間にわたって繰り返さなければならない。

最後の工程は、店の定休日に行う。六日間かけて作り上げたソースと、開店以来五十年間継ぎ足してきたソースをよく馴染ませてきっちり漉すと、ようやく翌週一週間分の

「命のドミグラスソース」が出来上がる。

仕込みを始めて一時間ほど経った頃、家事を片づけた小春が厨房に下りてくる。「おはよう」の挨拶もなくエプロンをつけると、永吾に背を向けた状態でひたすら野菜を刻み出す。玉ねぎだけでも十キロ。黙々と作業をしなければ開店に間に合わない。

二種類の出汁《フォン》、ハンバーグやコロッケのタネ、グラタン用のベシャメルソース、といったもろもろの仕込みが終わるのは、開店時間のちょうど三十分前だ。五十年も同じ作業を繰り返していると、きっちり計ったように作業が終わる。

「外、行ってくるぞ」

仕込みが終わったのを確かめると、永吾は小春にそう声をかけて、コック服のまま店の外に出る。

3

――午前十一時、少し過ぎ。

『月河軒』は、商店街から一本入った細い裏路地に店を構えている。人通りの見込める商店街の中に店を出さなかったのは、立地よりも味で客を呼びたかったからだ。今思えば、もっといい場所に店を出しておけばよかった、という軽い後悔もある。だが、今はどちらでも似たようなものかもしれない。商店街の中も、人の姿はまばらだ。

永吾が自分の店を開いたのは小春と結婚した年のことだった。若い頃、永吾は銀座の洋食店で修業をしていたのだが、その店でホールを担当していたのが小春だった。結婚を機に独立し、妻の実家にほど近いこの土地で『月河軒』を開店した。もう五十年も前のことだ。

仕込みを終えて店を開けるまでの三十分間、永吾は外に出てしばし妻から離れることにしている。たった三十分だが、冷却時間をおかなければ夫婦仲も焦げついてしまう気がするからだ。結婚当時はお互い離れがたいほど好き合っていたはずなのだが、年月が経つにつれ、若かりし日の恋心などすっかり冷めてしまった。毎日小さな店で一日中顔を突き合わせているのだ。お互い、一人になる時間も必要になってくる。

裏路地から出て、商店街に入る。平日の昼前、通りを歩く人の姿はほとんどない。かつては近くに路面電車の始発停留所があって賑わったものだが、路線の廃線とともに客足が急速に遠のいた。郊外に大きなショッピングセンターもできて、今は、ここもシャッター商店街、と言われるようになってしまった。

「よう、月河さんじゃねえか」

「あ、佐藤さん、こりゃどうも」

　アーケード内でばったりと出くわしたのは、同じ商店街に店を構える佐藤さんだった。昔からある盛りのいい定食屋さんで、最近は何度かテレビで「デカ盛りの名店」などと取り上げられたこともあり、昼時には行列ができている。寂れた商店街の中で気を吐いている、数少ない店の一つだ。

「よう、聞いたよ、今日で終わりなんだってな」

「ああ、そうなんです。いろいろお世話になりました」

「世話なんかしちゃいねえが、やっぱり寂しいもんだな」

「そうですねえ。佐藤さんのところが頑張っているのに申し訳ないんですけど、やっぱり、体力的にキツくなってきましてね」

「ま、そりゃしょうがねえよ。俺も、最近は体が痛くてなあ」

　佐藤さんが、苦笑いをしながら肩を回す。最近、商店街の人と会うと、だいたいこういう話になる。シャッターを下ろしている店の多くは、別に経営難に陥っているわけではないのだ。店のオーナーたちは今やほとんどが高齢者で、子育ても終わっている。下手に店を潰すと税金がかかるし、生活は貯蓄と年金でなんとかなる。営業する体力も気力もないし、だったらシャッターを下ろして放置しておいた方がいい、というわけで、見事な「シャッター商店街」が出来上がっている。

「佐藤さんのとこは、頑張ってもらわないと」

「無理言うなって。今はテレビのおかげで客が来てるけどな、そう長くは続かねえさ。俺もあと何年鍋振れるかわからねえしな」

「まあ、そう言わずに。今や、商店街一の繁盛店なんですし」

「お宅は、誰かに継がせないのかい」

「そう、ですねえ。弟子がいるわけじゃないですし」

永吾のところもそうだが、商店街が寂れるのは後継者不足という事情もある。子供世代は大都市圏で生活していることが多く、なかなか地元には戻ってこない。田舎の寂れた商店街の店に弟子入りしようというもの好きな若者もそうそういない。佐藤さんのところも息子さんが若くして亡くなっていて、後継者がいない。いずれ、商店街自体が消えてなくなる運命だ。

「もったいねえな。あのビーフシチューは絶品なんだがなあ」

「よかったら、レシピ差し上げますよ」

バカ言うんじゃねえ、と、佐藤さんが笑う。

「あんな面倒な料理、俺なんかじゃ作れっこねえよ。それに、ウチで出したら予算オーバーだ。ケチババアに怒られちまう」

おっといけねえ、と、佐藤さんが時計を見て、永吾に「またあとでな」と手を上げた。どうやら、食材の買い足しの途中だったようだ。しゃきしゃきと歩いていく佐藤さんの背中には、まだまだ力強さが満ちていた。あの調子なら、もう十年は店をやれるだろう。

元気な人が去っていくと、また商店街に静けさが戻ってきた。永吾がまた少し歩くと、シャッターが半開きの店が見えてきた。色褪せてはいるが、乃木茂《のぎしげ》ベーカリー、という店名がうっすら残っている。ここも昔は行列の絶えないパン屋だったが、数年前に廃業した。永吾は、やや痛みのある腰をよっこらしょと折り曲げて、店の中に入る。

「乃木さん、前沢です」

「あ、月河軒さん」

店の奥から姿を現したのは、今年で八十歳になる、乃木茂ベーカリーの元店主、その名も乃木茂《のぎしげる》さんだ。白いランニングシャツに股引《ももひき》、素足にサンダル履きという緊張感のない格好の元店主は、前歯の抜けてしまった口を開いて、にっ、と笑った。

ちょっと待ってね、と、元店主は奥に引っ込み、両手で木製のトレイを抱えて戻ってきた。トレイには数種類のパンが積まれている。乃木茂ベーカリーは一般客向けに営業はしていないが、『月河軒』を含むいくつかの取引先には、まだパンを卸している。

「今日、月河軒さん最後だよね」

「ああ、そうなんですよ」

「ご苦労さんだったねえ」

「今までどうも、ありがとうございました」

『月河軒』で出しているパンは、乃木茂ベーカリーに製造を一任している特注品だ。客に出すパンはもちろん、パン粉用の食パンも作ってもらってきた。近隣には他にもパン屋があるが、最近のパンは甘すぎるし、香りが強すぎると永吾は思う。味の濃い洋食屋には、昔ながらの素朴な味わいのパンがいいのだ。

「完全に閉めちゃうのかい」

「もう、前みたいに体が利かないもんで」

「俺ももう、潮時かなあ」

「え、辞めちゃうんですか、パン作り」

「店閉めた後、仕事しねえでぼうっとしてたらボケそうになってさ。ちょっとくらい動かなきゃと思って続けてたんだけども、最近はもう手が言うことを聞かんのよ。生地なんか捏《こ》ねてると節々が痛むし、立ってるのもしんどいし」

　わかりますよ、と、永吾はうなずいた。ここ数年は鉄のフライパンがずっしりと重く感じるし、ハンバーグのタネを捏ねるだけで腰に来る。なんとかだましだましやってきたが、きっと年齢的に限界なのだ。気力だけでどうにかなるものでもない。

「歳は取りたくないもんだねえ」

　前歯のない口を開きながら、乃木さんは永吾の頭の中を覗き見たかのような言葉をつぶやいた。

4

——午後三時。

ランチタイムが終わると、ようやく座って休む時間ができる。

あまり積極的に周知しなかったせいか、最終日だということを来店して知ったという常連客も何人かいた。みな、口々に「もったいない」と言って帰っていったが、心の底から閉店を惜しむ人はあまりいないだろう。あったらあったでいいのだが、なくてもさして困らない。飲食店とはそういうものだ。味の記憶はゆっくりと人々の頭から溶け出して、いずれは跡形もなく消え去る。

余った食材で簡単な賄いを作り、遅い昼食を取る。食事ついでに、永吾は店の片隅に置いてあったレシピ帳を持ってきて広げた。こういったものも、明日からは不要物になってしまう。少しずつ片づけなければならない。

ノートの一枚目に書かれた日付を見る。最初の一冊目は修業先で初めて書いたものだ。永吾が洋食屋を志して上京したのは、十八の頃だった。実家は田舎の農家だが、次男坊の永吾は家を継ぐわけにはいかず、働きに出なければならなかった。勤め先は洋食屋と決めていた。当時は田舎に洋食屋などなかったが、小さい頃に東京から転校してきた級友の話を聞いて、ずっと憧れを持っていたからだ。

まだ新幹線もなかった時代のことだ。上京の日、永吾は独りで夜行電車に乗り込んだ。横になっても眠りにつくことができず、月明かりが照らす外の風景をずっと見ていた。列車が田んぼの真ん中を横切り、鉄橋を渡る。ずっと暮らしてきた土地と、まだ見ぬ外の世界とを隔てる大きな河。真ん丸な月が、河面にゆらゆらと揺らめいていたのを今でも覚えている。

細かい字でびっしりと書き込まれたレシピ帳は、いつの間にか二十冊を超えていた。修業中から独立後まで、永吾の人生がすべてここに詰まっている。それが、明日からはなんの役にも立たない紙屑《かみくず》になってしまうと思うと、自分の人生はなんだったのかと考えずにはいられなくなる。

「なにを見ているの？」

小春が、淹《い》れたてのコーヒーを永吾の前に置いた。返事をする前に、一口啜る。安い豆で淹れたコーヒーだが、少しほっとする。

「ああ、レシピ帳を」

「なんでまた、今頃」

「もしかしたら、彼が取りに来るかもしれんと思ってね」

「そんな、もう来るわけないじゃないの」

小春が、頬を引きつらせながら笑う。

永吾が「彼」と呼んだのは、一か月ほど前に店にやってきた若者のことだ。ランチタイムの終わり頃にふらりとやってきた若者は、ビーフシチューを食べるなり、永吾に弟子入りしたい、と言ってきた。聞けば、元々料理人を志して東京に出たが、なかなか芽が出ず地元に戻ってきたところだという。永吾のドミグラスソースを味わって、やはり料理人になりたい、と思ったそうだ。はじめは渋っていた永吾だが、タダ働きでもいいからと、土下座をせんばかりに弟子入りを懇願され、押し負けて首を縦に振った。

若者は飲食店で修業していたというだけあって、手際は悪くなかった。人懐っこい性格もなんだかかわいらしく思えてきて、永吾は熱心に自分の技術を教えた。若かった頃だったら、苦労して完成させたレシピをタダで他人に教えるなどありえないことだったが、歳を取ってみると、損得勘定よりも自分の味を残したいという思いが強くなっていた。

いつまで厨房に立てるかわからない。だが、「そのとき」は着実に近づいている。若者が自分の味を引き継いで店を出してくれれば、自分の人生が無駄ではなかったと思える。だが、ドミグラスソース作りを教えているうちに、若者は店に姿を現さなくなった。自分がなにか悪いことを言ったのだろうか、と首を傾げる永吾に、小春がぼそりとつぶやいた。

――あなたみたいなやりかた、今の若い子には無理なんですよ。

最近の若者は私生活の充実も大事にする。永吾のように、すべてを犠牲にして仕事のためだけに生きる人間はもはや時代遅れの遺物だ。きっと、そういうことを小春は言いたかったのだろう。『月河軒』のような個人経営の店で、あれだけの手間暇をかけてドミグラスソースを作っている店はそう多くない。労力のわりに収益は少ないのだからバカらしいと言えばその通りだ。

「そんなこと、俺だってわかってる」

毎日立ちっぱなしの仕事。五十年間、一日たりとも休めないソース作り。高騰する材料費に、なかなか上げられない価格。私生活を犠牲にしてでも仕事に打ち込むのが時代遅れなのだとしたら、永吾の味は、どうあがいても消えていく運命ということだ。

永吾が不機嫌になる前に、わかっているならいいけど、と言葉を残して、小春は二階に引っ込んでいった。多少は心配してくれているのかもしれない。永吾が『月河軒』の閉店を決めたのは、彼が来なくなってすぐのことだったからだ。

子供たちが独立したときに、誰かに店を継いでもらうことは諦めたはずだった。けれど、一瞬だけ永吾は夢を見てしまった。自分の作った味が誰かに受け継がれ、いつまでも人を喜ばせるという未来をだ。それがやはり叶《かな》わぬ願いだとわかると、永吾の中でなにかがぷつりと切れてしまった。

——ドミグラスは、もう作らない。

その決断を告げると、小春は意外にもなにも言わなかった。なにを言ってるの？ それじゃお店を開けられないじゃない、といった文句が矢継ぎ早に飛んでくるかと思っていたのだが、返って来たのは、そう、わかったわ、という一言だけだった。

もう、ソースは継ぎ足さない。今ある分のソースを使いきる日を最終日とすることに決めた。それがすなわち、今日ということになる。寸胴の中の「命のドミグラスソース」は、もうディナータイム分しか残されていなかった。

5

——二十二時三十五分。

最後の客となった老紳士を見送った後は、売り上げを計算し、店内を清掃して回る。そこまではいつも通りだったが、明日の営業分の仕込みをする必要がないせいで、ぽっかりと暇ができた。永吾は時間を持て余して、客用のテーブルで帳簿を整理している小春の前に座った。正面から向かい合っても、これといって話題が浮かばない。明日からの生活が思いやられる。

「おい」

「はい？　なあに」

「ワインでも飲まんか」

ワイン？　と、小春が素っ頓狂な声を上げた。今まで、営業後に二人で酒を飲んだことなど一度もない。驚くのも無理からぬことだった。

「どういう風の吹き回しなの？」

「栓《コルク》が空いてるのが何本かあるんだ。どうせ使わないんだから、飲んじまわないともったいないじゃないか」

「そうですけど、お酒なんてずいぶん飲んでないから」

「少しくらい飲むのを手伝ったってバチは当たらんだろう」

永吾はそう言いながら、ワイングラスを二つテーブルに並べる。ワインのボトルを厨房に取りに行くと、ふと、小さな鍋が視界に入った。わずかに残ったドミグラスソースを移しておいたものだ。

永吾は、その小さな鍋を火にかけた。向こうから「掃除したのに」という小春の声が聞こえてきたが、うるさい、と一蹴する。

洋食の故郷の一つであるフランスには、ドミグラスソースを継ぎ足して使うという概念はないそうだ。継ぎ足しソースという技法は、鰻《うなぎ》や焼き鳥のタレを継ぎ足して使う文化のある日本人ならではの発想なのかもしれない。

継ぎ足したソースが旨くなるのがなぜなのか、永吾は知らない。ただ、修業先の洋食店で習ったことを五十年間も愚直に繰り返しただけだ。継ぎ足しても味は変わらない、思い込みや気のせい、と言う人もいる。だが、味を見ると明らかに違うのだ。その日新しく作ったものよりも、長年継ぎ足してきたソースの方が各段に奥深く、誰もが間違いなく旨いと感じるはずだ。

あらゆる食材の旨味が長年にわたって溶け込んだせいかもしれないし、なんらかの熟成が起きているのかもしれない。もしかしたら、誰かの言う通り、ただの思い込みでしかないのかもしれない。だが、どんな理由であったとしても、永吾にとっては別にどうでもいいことだ。

明日は、今日よりちょっと旨くなる。五年後、十年後にはもっと深い味わいのソースが作れる。そう思わなかったら、永吾は自分の人生を洋食に捧《ささ》げることはできなかっただろう。わずかに残ったドミグラスソースは、五十年のすべてが溶け込んだ最後の一掬いだ。永吾の体は老いて腰の痛みもひどくなる一方だが、このソースだけは、時間とともに老いることなく成長してきた。このソースは、間違いなく今までで一番旨い。五十年前よりも、昨日よりも、さっきよりも。

料理人人生でこだわり続けたビーフシチュー。その、最後の一食。幸い、仕込んだ牛肉もまだ少し残っている。小さな鉄鍋に赤ワインを入れて火にかけ、アルコールを飛ばす。柔らかく煮た牛肉とフォン、そしてドミグラスソースを加える。最後の一滴まで、無駄にしないように。

「おい、持ってってくれ」

コック帽を脱ぎ、薄くなった頭頂部を撫でる。小春はまたぶちぶちと文句を言いながら、できたばかりのビーフシチューを慣れた様子で運んでいく。乃木茂ベーカリーのパンも一緒だ。

赤ワインが注がれたワイングラス。二人で一人前のビーフシチュー。薄暗い店内。最後にしては少し物足りなく思えて、永吾はおもむろに店の隅っこで埃《ほこり》をかぶっていたレコードプレーヤーの電源を入れた。本当は、アナログ盤のふくよかな音楽が流れるような小洒落《こじゃれ》た店にしようと開店時に設置したものなのだが、あまりの忙しさにレコード盤の交換などいちいちできず、ほとんど使わないまま有線放送に切り替えてしまったのだ。

レコードをかけるのは、実に開店当初以来のことだ。

平積みにされていたアナログ盤から、無作為に一枚引っ張り出す。出てきたのは、アンディ・ウィリアムスのアルバムだ。回転数を三十三回転にセットし、レコード盤をターンテーブルに置く。レコード針のついたアームを外周に合わせ、フックを外す。針が静かに沈んで、回転するレコードに触れる。

「あら」

「うん?」

「ムーン・リバーねえ」

もう壊れているのではないかと思っていたが、プレイヤーは昔と変わらない音を響かせた。音質は今の機器の方がもちろんいいのだろうが、音がよすぎるし、明瞭すぎる。少しくぐもっていて角が立ちすぎない音の方が、消えゆく洋食屋には合っている、と永吾は思った。なんでもかんでも、よくなりすぎる必要はない。

「覚えてます? これ」

「なにをだね」

「初めて一緒に観に行った映画の曲ですよ」

ああそうか、と、音楽に耳を傾ける。「ムーン・リバー」は、映画『ティファニーで朝食を』の主題歌だった。

まだ何者でもなかった十八歳の永吾は、勇気を出して同じ職場の小春に声をかけた。池袋に百円の映画館があるんだけれど、観に行きませんか。二つ年上だった小春は、突然の誘いに驚いた様子だったが、百円ならいいわね、とうなずいてくれた。あの頃の百円というと、今なら千円くらいの感覚だろうか。

休みの日、池袋の映画館で『ティファニーで朝食を』を観た後、後楽園のスケート場で当時流行りつつあったローラースケートを楽しんだ。永吾は転んでばかりだったが、小春が笑いながら手を差し伸べてくれた。外国の映画を観たのも、ローラースケートを履いたのも、女性の手に触れたのも、その日が初めてのことだった。

さんざん遊んだ挙句、最後に銀座で話題になっていた洋菓子店でお茶を飲んだ。まだ珍しかった生クリームのショートケーキを食べたのだが、向かい合わせで見る小春の顔が眩しくて、味などほとんどわからなかった。

あの頃と同じように向かい側に座る小春は、いつの間にかしわだらけの老婆になっていた。可憐さも瑞々《みずみず》しさも、もうどこにも残っていない。それは、永吾も同じだろう。頭は禿《は》げて、シミとしわが顔を覆っている。二人とも、歳を取った。それが、無性に面白く思えた。八十年近い人生が、まるでおとぎ話であるかのように感じたからだ。

「久しぶりに食べたけど」

「うん？」

「やっぱり、美味しいわね、うちのビーフシチュー」

「そりゃコックの腕がいいからだ」「あれだけ原価がかかってれば誰でも美味しくできる」という不毛な言い争いをしながら、永吾は赤ワインを口に含む。こうして、小春のしわだらけの顔を見られるのも、あと何年だろう。自分が先か、妻が先か。そんなことを考えることも増えた。


――歳を取るというのは、やっぱり嫌なことだね。

去っていく老紳士の背中を思い出すと、胸がぎゅっと締めつけられる気がした。歳を取るのは嫌なものだ。頑固になって、素直になれなくなって、自分を曲げることができなくなる。

今まで、ありがとうな。

そんな簡単な言葉さえも言えなくなってしまう。

「おい、お前な」

「なによ、いきなり」

「俺より先に死んでくれるなよ」

酒が回って少し顔を赤くした小春が、きょとんとした顔をした。

「当たり前じゃないの。私ね、これから人生楽しむんだから。あんたより先に死んでる暇なんかないの」

「ああ、そうか。そりゃ悪かった」

来週、さっそく友達と旅行に行ってくるからね、と、閉店を寂しがるような素振りもなく、小春はうきうきと予定を語る。男のセンチメンタルなど、女にはわからないらしい。永吾は苦笑しながら、ワインを喉に流し込んだ。

今まで無心になって料理と向き合ってきた時間を、果たしてどうやって埋めていけばいいだろうか。なにもせずにいると、あっという間にボケてしまいそうだ。趣味でも作ろうかとは思うのだが、なにから手をつけていいか、今は想像もつかない。

十八の頃から続いた長い旅は終わった。でも、これからまた自分の知らない世界に一歩踏み出さなければならない。人生という旅は、死ぬその瞬間まで続くのだ。赤ワインを飲み干した永吾の頭の中で、河面に映った真ん丸の月が揺れていた。

笑うように、ゆらゆらと。

ロコ・モーション

1

日曜の夜、夫婦でささやかなる夕餉《ゆうげ》を楽しんでいる途中、井上杏南《いのうえあんな》は頭のてっぺんからすっぽ抜けたような声を上げた。食卓を挟んだ向かい側では、ごはん茶碗を持ったまま夫の璃空《りく》が固まっている。毎週観ているバラエティ番組の音だけが、硬直した二人の間に呑気なバカ騒ぎを垂れ流し続けていた。

「いや待って、今なんて言った？」

「だから、その」

「ちょっと、ゆっくり発音して。聞き間違いだと大変だから」

璃空は、うん、とうなずき、茶碗と箸を置いた。ゆっくりと息を吸い込み、発声に必要な呼気量を確保すると、満を持して口を開く。

——会社を、

——辞めました。

「はあ？　なんで！」

「な、なんでって」

夫・璃空と出会ったのは十五年前、高校でクラスが一緒になったことがきっかけだ。璃空はクラスでは大人しい部類の男子で、あまり自分から目立つようなことはなく、かと言っていじめられたり仲間外れにされたりすることもなく、道端の小石のようにささやかな存在として毎日を過ごしていた。在学時はあまり接点がなく、三年間さほど話す機会もないまま、卒業してまったく会う機会がなくなった同級生の一人だった。

再会したのは五年前だ。不定期で開かれていた同窓会に、普段めったに参加しない璃空が珍しくやってきた。その頃、杏南はギラギラの太陽のような暑苦しさの彼氏と別れたばかりで、小石のような存在感の璃空の隣で飲んでいるうちに、そこが安息の地のように感じられてしまい、急に気になり出してしまった。連絡先を改めて交換し、ちょくちょく会って遊ぶようになり、いつしか交際がスタート。三年弱の交際期間を経て、二十八歳で結婚。新婚旅行は十日ほどハワイに行き、帰国後に今住んでいるアパートで同居を始めた。以降、杏南は事務機器を扱う企業の営業事務、璃空は電子機器メーカーのエンジニアとして勤務しながら、マイホームを建てることを目標に生きている、はずだった。

なのに、いきなり「会社を辞めた」と言われても、どうリアクションを取っていいかわからない。なんで？　どうして？　と、いくらでも疑問が湧いてくるのだが、それをそのままぶつけても、おっとりした璃空はサクサクと答えることはできないだろう。杏南は何度か深呼吸を繰り返して極力心の動揺を抑え込み、最大限口調が柔らかくなるように気をつけながら、言葉を返した。

「どう、したの？」

「どうしたのって」

「ん？」

「話したじゃんか」

「え、いつ？」

「え、覚えてないの？」

璃空の話をよくよく聞いているうちに、杏南もだんだんと「そんな話を聞いたかも」という気がしてきた。仕事がしんどい、と吐き出した璃空に向かって、会社なんか辞めちゃえ！　と、言ったような、言っていないような。

記憶が曖昧なのは、それが少し前、久しぶりに夫婦で外食をしに行ったときの話だからだ。テンションが上がった杏南は、普段あまり飲まない酒をぐいぐい飲み、最終的にはべろべろの状態で璃空に担がれながら帰宅した。翌日は地獄の二日酔いで一日が終わり、璃空となにを話したかなど、今の今まできれいさっぱり忘れていたのだ。

不思議なもので、眉間にしわを寄せて唸っていると、じわりじわりと記憶が戻ってくる。確か、杏南が五杯目の梅酒ソーダを飲み干して、「最近、帰りがあまりにも遅いけど大丈夫なの？」と璃空に聞いたところから話が始まった。どうも、璃空の会社は親会社から出向している社長が交代してから急速にブラック企業化が進行し、職場の雰囲気は最悪らしい。その上、新しく部にやってきた上司はパワハラ常習者で、大人しい璃空はいつも標的にされているようだ。

——辞めちゃいなよ、そんな会社！

——辞めるって、でもその後どうするのさ？

——お店やろうよ、お店。カフェとか。

——カフェ？

——璃空は料理上手だし、絶対ウケると思うんだよね。

——それ、本気で言ってる？

——あたし、夢だったんだあ。自分のカフェとか。

——え、ほんとに？

記憶が戻るにつれ、杏南は自分の頭を抱えて呻き声を上げるしかなかった。確かに、カフェをやりたい、なんていう話はした。話はしたが、酔った杏南の言葉を鵜呑《うの》みにするバカがどこにいるのだ。言うだけタダの夢物語みたいなものじゃないか。「あたし、カフェでデザート出すのが夢なんだあ、えへへ」なんていうセリフは、働く女の悲しい現実逃避に他ならない。

「会社辞めて、ほんとにカフェをやるつもりなの？」

「いや、いきなりお店持つってのは難しいと思うんだよ」

「そりゃそうだよね」

「だから、移動販売をしながらお金を貯《た》めようと思って」

「移動販売？」

璃空がスマホに指を滑らせて、画像を選ぶ。杏南が覗き込むと、そこにはカラフルにデコレーションされた車の画像が並んでいた。いわゆる「キッチンカー」というやつである。車種は、小さな軽ワゴンから大掛かりなトレーラータイプのものまで様々。後部座席と荷室を改造して調理スペースが作られており、車一台停められる場所さえあれば、移動していってお店を開けることができるというスグレモノだ。

最近は、都会のオフィス街やイベント会場なんかでキッチンカーをよく見かけるイメージがある。陽気な外国人が肉をそぎ落としてパンに詰めてくれる系のお店から、この人たちはライフスタイルからしてオシャレなんだろうな、と思わせるような夫婦のお店まで、いろいろあって見ているだけでも楽しくなる。

「賛成してくれたって、勘違いしちゃった、かな」

ごめん、と、璃空がうなだれた。酔っぱらって無責任なことを言った自分にも非があるな、と、杏南も深いため息をつきながら、私こそごめん、と頭を下げた。

「いやでもさ、あの会社にいたんじゃ、体壊しちゃうかもって心配だったから。これでよかったのかもしれない」

毎晩、ふらふらになって帰ってくる璃空の姿を見るたび、杏南は心配で胸がつぶれそうになっていた。この頃などは、杏南が朝起きたときに、「寝ている間に璃空が一度家に帰ってきた」という形跡を見つけることがよくある。夜中に帰ってきて十分な休息も取れず、青白い顔をして杏南を起こさないように早朝家を出ていく璃空の後ろ姿を思うと、涙が出そうになる。定期的な収入はもちろん大事だけれど、心や体を壊して働けなくなってしまったら元も子もないではないか。

「ありがとう」

「でさ、もしやるとしてね、車、どうするの？」

「それね。中古車販売してる友達がいるんだけど、キッチンカーに改造できるベース車を安く売ってくれるって」

璃空がまたスマホを操作して、車の画像を表示させた。レトロなデザインが特徴的で、外国の幼稚園のバスを思わせる。杏南は思わず「あ、カワイイ!」と言ってしまった。カワイイ、などと悠長なことを言っている場合ではないのだが。

「ねえ、もしかして」

「うん?」

「買っちゃったのかな、これ」

璃空の顔が、きゅっと固まる。

「その、買っちゃった、んだよね」

「お、おいくらなの?」

部屋には二人しかいないのに、璃空がなぜか杏南の耳元に口を寄せて囁いた。金額を聞いた瞬間、杏南の口から「ばっ!」という、よくわからない声が飛び出た。璃空の言うことが本当なら、夢のマイホーム計画はずいぶん遠回りを余儀なくされる。

「高いもの買うときは相談してって言ってるじゃん!」

「その、サプライズ、とか思っちゃって」

璃空が、真っ青な顔で何度も杏南に頭を下げる。だが、今晩は一晩中説教をすることに決めた。絶対に許さん。

2

――シェフにでもなったらいいのに！

家に遊びに来た杏南の友達が、璃空のゴハンを食べた後に必ず言う一言だ。確かに璃空は料理上手で、時々びっくりするくらい美味しいものを作ってくれる。

一口に料理上手と言ってもいろいろあって、冷蔵庫の余り物でぱぱっとおかずを二、三品作ってしまうような人もいれば、プロ顔負けの凝った一品料理を作る人もいる。杏南は前者で、璃空は後者だった。時間がないときに璃空が料理を作ると、そのモタモタっぷりにイライラするばかりだけど、たまの休日に凝った料理をリクエストすると、璃空は驚くべき才能を発揮する。たぶん、気が短い杏南とは違って、手間暇かけて一品作ることをまったく苦にしない性格であるせいだろう。さすがはモノづくりに生きる男だ、と、杏南はよく感心する。

璃空が作るカレーはスパイスの調合からスタート。パスタだったら、麺のために小麦粉を捏ねるところから始まる。盛りつけも実にちゃんとしていて、家にいながら、本当にカフェゴハンみたいなのが出てくる。会社を辞めたと聞いたときは驚いたけれど、璃空のゴハンだったら案外イケるんじゃないか？　という期待感が杏南にはある。移動販売がうまくいってお金が貯まって、二人でオシャレなカフェなんか開けたら最高だ。璃空が退職してから数日、むしろ、杏南の方がちょっとウキウキしている。

璃空との協議の結果、杏南は一定の収入をキープするために今の仕事を続けることにし、キッチンカーは璃空が当分の間すべて引き受けることになった。商売が軌道に乗ってきたら、その時は杏南も会社を辞めて手伝おう、という話にまとまった。

だけど、ウキウキとそんな話をしていられるのも束《つか》の間《ま》だった。

キッチンカーはいきなりお店をやろうとするよりは初期費用がかからない。とはいえ、結婚を機に始めた二人の貯金は、まだまだ心許《こころもと》ない額だ。購入した中古のワゴンをキッチンカー仕様に改造するのも、業者に頼むわけにはいかなかった。璃空はＤＩＹ好きの友人数名の協力を得て、キッチンカーを自力で作ることにしたようだ。エンジニアの発想には恐れ入る。杏南だったら、まず「自作」という発想自体が出てこない。

けれど、これが一筋縄ではいかなかった。キッチンカーはただ車内調理できるように設備を整えればいいというわけではなく、ちゃんと保健所の決めたルールに則して設計しなければならない。給水・排水設備の容量から、シンクの広さ、電源の取り方、運転席と厨房スペースの遮蔽性、などなど、かなり細々《こまごま》したルールがあるらしい。その上、扱う食材や調理法によってもルールは異なっていて、下手に作ってもＯＫを出してもらえない。素人にはその調整がなかなか難しくて、せっかく苦労して作った設備を何か所か作り直さなくてはならなかった。ロスした時間と材料費は結構、痛い。

車の改造と並行して、営業開始までにはいろいろな手続きが必要だ。改造した車を公道で走らせるために陸運局へ届け出。食品を扱うには「食品衛生責任者」の資格が必要で、講習を受けなければならない。さらに、市役所に個人事業開業のための申請書を提出して、もろもろ事務手続き。

そして最後の砦《とりで》、キッチンカーで営業を開始するための「営業許可証」の取得だ。

営業許可証は、営業を予定しているエリアを管轄するすべての保健所からもらう必要があるそうだ。保健所は大体都市ごとに一か所あるのだけれど、管轄エリアを跨《また》いで営業する場合は、それぞれの保健所から、それぞれ許可証をもらわなければならないということだ。それがまたちょっとした曲者《くせもの》で、保健所ごと、なんなら担当者ごとにルールが違うこともある。あっちではOKなことが、こっちではNGであったりするのだ。璃空がキッチンカーの営業範囲と見込んでいる地域内だけで、十か所も保健所がある。一度許可証を取ってしまえば、風の吹くまま気の向くまま、どこへでも自由に売りにいける、というものでもないらしい。

車を改造しながらもろもろの申請を行っている間、璃空はさらに、自宅の台所でメニューの開発もしていた。杏南がなにを作っているのかと聞くと、「秘密」という答えが返ってくる。でも、買ってきた材料や台所から聞こえてくる音で、ある程度想像はついた。きっと、ハンバーグかなにかだろう。

朝から晩まで、璃空は営業開始に向けた準備に奔走していた。もしかしたら、会社勤めをしていたときよりも忙しいかもしれない。それでも、璃空は以前よりもずっとイキイキとした顔をしている気がした。「秘密」と笑った顔は、結婚して以来、杏南が見た中で一番楽しそうな璃空の顔だった。

そんなこんなで紆余曲折《うよきょくせつ》ありながら、ようやく完成したキッチンカーのお披露目の日がやってきた。スマホからの連絡を受けた杏南が自宅アパート前の道路に出ていくと、道の向こうから一台のワゴンが走ってきて、気の抜けそうな音のクラクションを鳴らした。

「わ、すごい！　なにこれ！」

レトロな中古ワゴン車は見事に改造が施されて、新しいキッチンカーとして生まれ変わっていた。キッチンスペースにはシンクや鉄板が取りつけられていて、ちゃんと調理ができるようになっている。外装も凝った塗装がされていて、自分たちですべてやったとは思えないほどの出来栄えだ。

「どう？　いいでしょ」

「いいね！　これ、店名？　なんて書いてあんの？　ロコ……、ロコ？」

南国風の色彩が躍る側面に、店名と思《おぼ》しき英単語が描かれている。ちょっと手の込んだデザインにされているので、読むのに手こずる。

「ロコモーション」

「ロコモーション？　どういう意味？」

「ええと、説明が難しいんだけどさ」

「もう、じゃあわざわざ難しい言葉使わないでよね」

「運動する力、というか、蒸気機関車みたいなのがこう、前に向かって加速していこうとする力、みたいなニュアンスかなあ」

接客スペースから顔を出した璃空が、しゅっしゅっぽっぽ、とでも言うように両腕を動かし、店名の読みを教えてくれた。改めて見ると、車体に〝Locomotion No.1〟と描かれているのがわかった。

「小難しいけど、いい名前じゃん。なんか速そう」

「いや、後ろが重たいから、車自体はめっちゃ遅いんだけどね」

「もう、準備万端？」

「うん、後は営業許可が下りるのを待つだけ」

「そっか、いよいよだね」

「うまくいくといいけど」

「大丈夫だよ、きっと」

「だよね」

けれど、なんか速そうな名前の〝Locomotion No.1〟は、出発する前からいきなり躓《つまず》くことになるのである。

3

「しかし、どこもかしこもシケてんなあ」

朝イチからわざわざ並んでパチンコを打ち始めたのに、当たりが来るより先にカネが尽きた。綱木《つなき》は、バカみたいに釘《くぎ》絞りやがって、と、悪態をつきながらパチンコ屋の外に出た。店外に設置された喫煙スペースで煙草をふかしながら、負けてさくれ立った精神を落ち着けようとぼんやり辺りを見渡す。

これといって特色のない地方のローカル線の駅は、ほんとに駅なのかここは、と、疑いたくなるほど殺風景だった。駅前にあるのは、古めかしい市営バスがガタガタ揺れながらやってくるバスプールに、客に儲けさせる気がゼロのパチンコ屋。それから、一見《いちげん》にはハードルの高い店構えの、古めかしい中華食堂くらいだ。駅ビルもなければ、土産屋の一つもない。なんなら、日本全国津々浦々にあるはずのコンビニすら見当たらない。

朝から飲まず食わずでパチンコに興じたせいで、腹が減っていた。遅い昼飯でも食って帰るか、と思ったが、財布の中にはもう札が残っていなかった。中華食堂ならワンコインメニューもあるだろうが、狭い地域の常連相手に商売をしていそうな店で、普段、駅を挟んで向こう側の地域で生活している綱木には、どうにも入りづらい雰囲気だ。かといって、駅の中の売店で菓子パン一個買い食いするのも貧乏くさい。負けた惨めさが、より際立ってしまう。

この町は飯も自由にならねえのか、と、もう一度シケた駅前を見渡すと、駅舎の前の広い歩道の一角に、カラフルなノボリが並んでいるのが見えた。どうやら、この辺鄙《へんぴ》な場所には珍しい、キッチンカーのようだ。手軽な飯でも売っているかと、かかとをつぶしたスニーカーをパタパタさせながら近づく。よく見るワゴン車を改造したキッチンカーの前には、メニューが書かれた看板が立てかけてあった。店名は、〝Locomotion No.1〟。メニューの一番頭には、「黒毛和牛ハンバーグの特製ロコモコ丼」と書いてある。ロコモコでロコモーションか、ダジャレかよ、と、鼻で笑う。肝心の価格は、特製ロコモコ丼とやらが〝750yen〟と書かれていた。半熟目玉焼きがつくとさらに百円高い。なんだよ、案外高《たけ》えな、と、舌打ちをする。ポケットのジャラ銭をかき集めても、手持ちは六百円くらいにしかならなかった。これでは足りない。

「あれ？」

突然、頭上から声が降ってきて、綱木はびくりと肩を震わせた。見ると、キッチンカーのオーナーらしき男が、身を乗り出してこちらを見ていた。食うカネもないし、気まずいのでそそくさと立ち去ろうとすると、「綱木？」と名前を呼ばれた。驚いて見上げると、見覚えのあるのも当たり前だった。高校時代の同級生、井上璃空だ。

「あれ、リックじゃん」

「その呼び方するの、綱木だけだよ」

「なにしてんだ、そんなとこで」

「なにしてるって、見ての通りだよ」

見ての通り、というのを飲み込むまでに少し時間がかかった。綱木の頭の中には、およそ接客業には不向きな「引っ込み思案の井上璃空」の記憶しかなくて、まさか浮かれたキャスケットをかぶり、ギンガムシャツにシェフエプロンという格好でキッチンカーなぞに乗っているとは夢にも思わなかったのだ。

「リックの車なの？　これ」

「一応ね」

「すげえじゃん」

「ありがとう。綱木こそ、どうしたの？　東京にいたんじゃなかったっけ」

「あ、あー、最近帰ってきたんだよ。ちょっと、オヤジが具合悪くなっちゃってさ。放っておけないだろ？　俺、長男だし」

「え、それは大変だ。大丈夫なの？」

「まあな。でも、急遽こっちで仕事見つけなきゃなんなくて、その方が大変だわ。三十過ぎると、地方で仕事見つけるのとか結構厳しいんだよな」

しばらく、綱木と璃空の間で近況報告のようなやり取りが続いた。けれど、話題はたいして膨らんでいかない。綱木の職探しが上手くいっていないのと同じように、璃空の商売も繁盛しているとは言い難い状況だからだろう。やっぱり地方はシケてんな、と、綱木はため息をついた。

「じゃあ、まあ、頑張れよリック」

「なんだよ、食べていってくれてもいいじゃんか」

「いやそれがさ」

綱木が親指でパチンコ屋を指さすと、璃空は、ああ、と苦笑いをした。

「いいよ、おごりで」

「え、マジ？」

「その代わり、ちょっと待てる？」

璃空は鉄のヘラを持つと、鉄板に火を入れた。今火を入れたということは、相当客が来ていなかったようだ。無理もない。平日の昼間、この駅に降りてくる人間などほとんどいない。綱木は、どうせカネもないし、午後はなにもすることがないし、と、鉄板が温まるのをのんびり待つことにした。

璃空は、丁寧な手つきでロコモコを作っていく。「ロコモコ」とは、ハワイのローカルフードで、ハンバーグと野菜などをライスの上にのせた丼物だ。日本人の口にもよく合うので、あちこちで見かける。言っちゃ悪いが、さほど目新しいものでもない。

璃空はハンバーグを焼いている間に発泡スチロール製の丼を取り出してライスをよそい、使い捨てのポリ手袋をつけて手早くレタスを千切った。焼き上がったハンバーグにチェダーチーズのスライスをのせて熱で少し溶かし、レタスを散らしたライスにのせる。最後に、とろみのある茶色いソースをたっぷりとかけて完成だ。ついでに、「高価な」半熟目玉焼き百円もサービスしてくれた。

出来上がったロコモコを手に、璃空は車を降りてきた。キッチンカーの目の前には、客が座って食べていけるよう、簡易的なテーブルとイスが二セット用意されていた。璃空はロコモコをテーブルに置いてエプロンを外すと、綱木と向かい合わせに座った。店はいいのか？　と聞くと、どうせお客さん来ないから、という自虐に満ちた答えが返ってきた。

「率直な感想を聞きたくてさ」

「俺はモニターってわけね。しょうがねえな」

綱木は、出来上がってきたロコモコに視線を移した。オレンジ色のチーズがとろけて、いい感じに見える。もらったプラスチックのスプーンでハンバーグを割った。中までふっくらと焼けている。程よい大きさに切ったハンバーグに半熟の卵を絡ませて、ライスと一緒に口に運ぶ。

「これ、グレービーソースか」

「あ、よくわかったね」

「馬鹿にすんなよな。これでも、東京にいたときは料理人やってたからな、俺」

「え、ほんとに？　じゃあ、ちょっと相談に乗ってよ」

「相談？」

「どうやったらもっと美味しくなるか」

日本ではあまり馴染みがないが、グレービーソースは肉汁をベースに作るソースだ。ローストビーフにかけるのが一般的かもしれないが、海外では肉料理全般によく使われる。璃空のロコモコは、そのグレービーソースをたっぷり使っていた。

「面白いじゃん」

「そうかな」

無料とはいえ、璃空がじっとり見つめてくるせいで食った気がしない。全体の三分の二までを食べ進んだところで、璃空が缶コーラを持ってきてくれた。飲み物が欲しかったところだ。渡りに船と、開栓してぐっと喉に流し込む。

「あのさ」

「うん？」

「でも、美味しくはないでしょ」

唐突に、璃空がそう切り出した。テーブルに頬杖《ほおづえ》を突き、ため息を連発している。顔は笑っているが、目が沈んでいる。リアクションしづらいことを言うんじゃねえ、と、腹の中で綱木もため息をついた。

「いや、そんなことねえよ。まあまあウマい」

「いいよ、気を遣ってくれなくても」

どうやら、璃空は「美味しくない」ことに確信を持っているようだった。自分の作ったものに納得がいかないのか、それともただ自信がないのか。綱木が、「正直、あんまりウマくないな」と言い出すのを待っているようにも見えた。

「マズかないけど、そうだな、このハンバーグさ」

「うん」

「黒毛和牛ってのは本当かもしれねえけど、冷凍品だよな？」

「正解」

「せっかくのソースもレトルト」

「大正解。さすが」

そうだろう、と、綱木は得意げに鼻を立て、残りのロコモコを完食した。

「まあ、冷凍でもハンバーグ自体の質は悪いもんじゃないし、そこそこウマいよ」

「でもさ、そこそこウマい、じゃダメなんだよね」

「ダメ？」

璃空が、ポケットから一枚のチラシを取り出した。折れてくしゃくしゃになってはいたが、「集まれキッチンカー」という文字は読めた。

「僕らが通ってた高校の近くにさ、商店街があったじゃない？」

「ああ、う、うん」

「あの辺、再開発してさ。大きめのショッピングモールなんかができたんだけど」

「へえ、そんなことになってんのか」

「そこで今度、キッチンカーのイベントをやるんだって。当日、人気投票とかあるらしくて、もしいい成績が取れれば、すごい宣伝になる」

「それで、その人気投票でナンバーワンを目指そうってのか？」

綱木の視界に、〝Locomotion No.1〟という店名がちらりと入ってきた。

「うんそう」

「うんそう、じゃねえよ。冷凍ハンバーグでか？　飲食業なめんなよ？」

「今のままじゃ無理なのはわかってるよ」

「なんか、訳ありか」

「ちょっと、予定が狂っちゃって」

璃空の話によると、「特製ロコモコ丼」は、元々ハンバーグもソースも手作りにする予定だったらしい。けれど、そこに問題が発生した。璃空が営業のメインエリアと見込んでいた地域を管轄する保健所が、キッチンカー内で「仕込み」をすることを許可してくれなかったのだ。

保健所曰く、食品同士を「混ぜる・捏ねる」工程と「まな板で切る」工程は、雑菌が混入しやすく、食中毒が起きる危険性があるのでキッチンカー内では禁止だそうだ。つまり、璃空がキッチンカーで手作りハンバーグのロコモコ丼を提供するためには、キッチンカーとは別に「仕込み場所」が必要になるということだ。「仕込み場所」は、自宅のキッチンなどもってのほかで、すでに営業許可の下りている飲食店や、それに準ずる設備のある場所でないと認められない。璃空は、その「仕込み場所」が用意できなくて困っているらしい。

「そんなの、先に考えとくことだろ？」

「本当はさ、設備さえ整ってればキッチンカーの中で仕込みをしてもいいってことになってたはずなんだ。でも、急に保健所の方針が変わっちゃって」

「なんでだ？」

「ちょっと前に、食中毒を起こしたキッチンカーがあったらしくてさ。それで、飲食店の経営実績がない新規の事業者は、別途仕込み場所を用意しなくちゃならなくなって」

あー、という声を上げながら、綱木は空になった容器をもう一度見た。「混ぜる・捏ねる」と「切る」ができないのでは、ハンバーグ作りには致命的だ。それで、焼くだけの冷凍ハンバーグ、まな板の上で切る必要のないレタスに、鉄板で焼ける半熟卵、という構成にならざるを得なかったということか、と、納得する。

「なんか起きたらてめえの責任、ってなると、お役所も仕事が早《はえ》えな」

「車がもうちょっと早くできてたら滑り込みでセーフだったかもしれないんだけど、遅かった」

「そんな状態じゃ、ロコモコで勝負なんかできっこねえだろ」

「うん、まあ、そうなんだけど」

「どうせ市販品使うなら、利益率が高いやつにしろよ。焼きそばとか」

璃空が、伏し目がちに首を横に振る。まあ確かに、そういうありふれたメニューではいくらなんでも勝負になりっこない。最近のキッチンカーは大手の資本が入っていることもあって、かなり独創的なメニューを出す店も多いのだ。市販品の組み合わせでは、人気投票を勝ち抜くどころか、イベントに参加することさえできそうになかった。

「そしたら、仕込み場所確保するしかねえじゃねえか」

「そうなんだけど、さすがにそんなところ維持するお金がなくて」

ジリ貧だなおい、と、綱木は吐き捨てるように笑った。璃空は美味しくするにはどうすればいいか、などと言っていたが、完全にお手上げだ。冷凍とはいえ、ハンバーグにもそれなりの原価をかけているようだし、努力をしていないわけではない。でも、そもそも自前で調理ができないのでは話にならない。綱木が、無理じゃね？　と早々に諦めると、そうだよねえ、と、璃空はまた、盛大にため息をついた。

「なあ、なんでロコモコにしたんだ？」

「え？　ああ、うん」

「ロコモコにこだわる理由でもあんのかよ」

「うん、まあ」

「なんだよ、話せよ」

璃空は少し口をもごもごさせていたが、やがてぽつんと口を開いた。

「うちの実家ってさ、食事のルールがすごい厳しかったんだよね」

「ルール？　食う前に全力でいただきますって言え、とかか？」

「麺類は音を立てて啜ったらダメとか、丼物は行儀が悪いから食うな、とかね。きっちり座って、背筋を伸ばして食べないと怒られる」

「なんだそれ。めちゃくちゃめんどくせえな」

「で、僕、少し前に結婚して、新婚旅行にハワイに行ったんだけどさ」

「お、おう、いいな」

「現地で、こういうキッチンカーがロコモコを売ってて。小《ち》っちゃいテーブルで奥さんと向かい合って、青空の下で食べたんだけど、それがなんかすごく美味しくてさ。自由！　って感じがして。昔は、そんな食べ方、絶対許してもらえなかったから」

「食う幸せ、のハードルが低すぎんだよ、お前」

「そうかも。でも、そのせいで、キッチンカーやる、ってなったとき、ロコモコ以外思いつかなかったんだよね」

「そういうもんか」

璃空は、やや自嘲気味に、そうなんだ、と笑った。

「まあでも、思い切ってやれるだけすげえじゃん。普通やらないからな、こんなこと」

「勢いでそうなっちゃって」

「なんでまた、飲食業にしたんだよ」

「なんか不思議だよね、って」

「不思議？」

「ゴハン食べなきゃ人間死んじゃうけど、食べて幸せになるものと、そうじゃないものがあるじゃん？」

「そりゃまあ、ウマいもん食えるに越したことはない」

「でも、同じ美味しいものでも、誰と一緒に食べるかとか、好き嫌いでも味が変わるし。美味しいもの食べすぎても病気になったら不幸だし、多少マズくても、健康を維持できるなら幸せって思うこともあるし」

「いきなり、コムズカシイこと言うんじゃねえよ」

「もし、自分が作った料理で幸せになってくれる人がいっぱいいたら、すごいいいよねって思ったんだけどさ。夢って言うと大げさだけど。でも、どうせ新しくなにか始めるなら、夢が見たいなって思って」

へえ、と、綱木は璃空の顔をまじまじと見た。高校のときは、こんな暑苦しいことを言うようなやつではなかった。へらへらしていて、摑みどころがなくて、根っこもはっきりしていなくてフラフラ揺れている。性格やタイプは違っていても、なんとなく自分と同じようなやつだと思っていたのだが、綱木には璃空が妙にキラキラして見えた。全然儲かってないくせに。

「三十にもなって、夢、とかダッセエって」

「まあ、そうだよね」

「どうでもいいけど、リックって結婚したんだ？」

深い意味はないと言うとウソになるが、綱木はちらちらと璃空の左手薬指に目をやった。綱木はまだ独身だ。高校の同級生が結婚したと聞くと、ぼちぼち焦りも出てくる。

「うん」

「嫁さん、どんな人よ」

「ああうん。その、綱木も知ってるよ」

「は？　俺の知ってるやつ？」

「うん。クラスが一緒だった、杏南――」

「おいおいおい、杏南って、ナンシーかよ！」

「その呼び方するの、綱木だけだよ」

おい、ふざけんなよてめえ。口から飛び出しそうになった言葉を懸命に喉で堰《せ》き止める。おいふざけんな。ナンシーは、俺が高校のときにずっと片思いしていた女だぞ。

「なにが夢だこの野郎」

綱木は璃空の後ろに回って頭を小脇に抱え、ぐりぐりと締め上げた。どうしていいかわからないといった様子で、璃空はただただ、「痛い」と繰り返していた。

4

今日は雨だ。会社に行く準備をしながら、杏南は窓の外を見た。圧《お》し掛かってくるような鈍色《にびいろ》の空は、これから外に出ようとする心を萎えさせるのに十分だった。こんなじとじとした雨の中、外を出歩きたいと思う人はそういないだろう。

リビングでは、まだ部屋着姿でぼさぼさ頭の璃空が、ぼんやりとした表情で窓の外を見ていた。さっき杏南が淹れたコーヒーが、手つかずのまま湯気を失っている。

「また、雨だね」

「そうだねえ」

雨の日、屋外営業のキッチンカーには、なかなかお客が来てくれなくなる。梅雨時でもないのにだらだらと続く雨は、そのまま売り上げに直結してしまうのだ。ただでさえ赤字なのに、さらに雨のせいで売り上げが立たないとなると、杏南はどんどん追い詰められていくような気持ちになる。

二人の夢を乗せたはずの〝Locomotion No.1〟は、最初に躓いたところからなかなか起き上がることができずにいた。キッチンカー内での調理ができないことになってから、璃空はなんとか車内調理抜きでも美味しいロコモコを作れないか、と、試行錯誤を繰り返している。でも、美味しいと思えるほどの材料をそろえるとコストがかかりすぎるし、それでもなお、最初に璃空が自分で作ったロコモコに比べると全然物足りないのだ。他のキッチンカーより価格が高い上に味も普通じゃ、誰も買っていってくれない。売れなければ、材料コストもかけられない。負のスパイラルだ。

　キッチンカーの売り上げを決めるのは、もちろん味や価格だけではない。一番大きいのは、出店する場所だ。人が集まるところに出店できれば、それなりのクオリティでも売り上げは上がる。けれど、いい場所に出店するためには、やはり価格を抑えてクオリティを上げなければいけないのだ。場所を提供する側だって、お客さんを呼べるキッチンカーを当然選ぶ。璃空は、出店場所探しにも毎日苦労していた。ショッピングモールやイベント会場といった、人がたくさん集まる場所への出店はなかなかできず、団地やオフィスビルの前の路上だとか、小さなスーパーの駐車場、閑散としたローカル線の駅前、といった悪条件の下で勝負するしかない。

「ねえ、どうせ雨だし、今日は休んじゃえば？」

「ああ、うん、大丈夫。行ってくるよ」

「でもさ、ここのとこ全然休んでないじゃん。土日も、平日も」

「そうなんだけど、でも、ちょっとでも売らないと赤字が大きくなっちゃうし、地道にお店出していれば、ちょくちょく来てくれる人も増えるかもしれないし」

璃空には、努力をしようとする気持ちもある。現状を打破できるだけの能力もあるはずだ。夢もある。情熱もある。なのに、現実が壁となってその前に立ちふさがる。実績がない。お金がない。お金がないと前へ進むための条件が満たせない。でも、お金が湧いたり降ってきたりすることはないし、銀行に掛け合っても、なかなか融資してはもらえない。保健所の決まりは破れないし、自分たちの都合でルールの変更をしてもらうこともできやしない。

璃空が努力の足りない怠け者だったら、杏南だって仕方がないと思えるのかもしれないし、もう止めなよ、と言えたかもしれない。でも、璃空は頑張りたいのに頑張れないのだ。これほど悔しいことはない。せめて、なにか状況を変えてくれる奇跡にすがりたい、と思ってしまう。誰かに、助けてほしい。

でも誰に？　神様なんかいないのに。

「一日くらい休んだって、バチは当たらないよ」

「ありがとう。でも、杏南に負担ばっかりかけるわけにもいかないしさ」

ずきん、と、杏南は胸が痛むのを感じた。無意識に手が自分の下腹に触れる。璃空の仕事が軌道に乗るまで、家計を支えるのは杏南の役目だ。それなのに――。

「ちょ、杏南、どうしたん」

璃空が目を丸くしながら立ち上がり、出勤しようとしていた杏南の正面に立って顔を覗き込んだ。だめだ、我慢しなきゃ、と、杏南が自分に言い聞かせても無駄だった。せっかく化粧した頰の上を、かなり大粒の涙がぼろぼろと転がり落ちていくのがわかった。

「なんでもない」

「なんでもないなら、そんな顔になんないだろ?」

「私が、私が支えなきゃいけないのに」

「支え? どういうこと?」

もう一度、下腹に手を添える。まだ、自分自身の体の変化は大きくない。でも、毎日、一日一日確実に、杏南の体は変わりつつある。

「できちゃった、みたいで」

「できちゃった、って」

璃空が、しばらく言葉を失った。やがて杏南の言葉の意味を理解したのか、まるで腫物に触るかのように、おそるおそる杏南のお腹に触れた。本来触るべき場所からすると全然上、胃の辺りだったけど。もっと下、と言う代わりに、杏南は璃空の手を掴んで手の位置をずらした。男の人にはよくわからないのかもしれないが、子宮があるのはこの辺だ。

「赤ちゃんが?」

「ほんとは、言わずに下ろそうかと思ったんだけど」

いやいやいや、と言いながら、璃空が首をぶんぶんと横に振った。

「なんでそんなことを」

「だって、私が産休に入っちゃったら、生活できなくなっちゃうから」

「いや、だとしたってさ、下ろすなんて」

「産むってなったら、お金もかなりかかるんだよ、だって」

体調が悪い、と、杏南が気づいたのは、先月のことだった。最初は生活の不安からくるストレスかと思っていたのだが、まさか、と思い立って妊娠検査薬を使うと、くっきり線が浮かび上がった。慌てて産婦人科に駆け込んだ結果、すでに妊娠十二週に入っていることがわかった。

好きで結婚した夫との間にできた子供だ。本当だったら飛び上がって喜んでいいはずなのに、璃空に抱きついて報告したかったのに、それができなかったのが杏南の心を締めつけた。こんな状況で子供なんて産めるだろうか。結婚して二年以上できなかったのに、なんでこのタイミングで。喜べないことがお腹の命への裏切りのように感じて、母親になる自信も、子供を幸せにする自信も消し飛んでしまった。未来が真っ暗で見えない。進むべき道がわからなくて、前に歩き出せない。

「ごめんね、僕が勝手に仕事なんか辞めたから」

震える杏南を、璃空が包み込むように抱きしめた。小石のようにささやかな存在感の璃空が、なぜか急に大きく感じる。こんなに強く、ぎゅっと抱きしめてもらったことが、今までの人生であっただろうか。

「それはさ、しょうがないよ。あのままだったら、璃空だって壊れてただろうし」

「なんとか、するから、絶対」

璃空の体温を感じながら優しい言葉を受け取ると、杏南の体の芯がじわりと熱くなった。でも、安心、とは少し違う。不安を掻《か》き消すことはできないけれど、それでも、この頼りない夫と一緒に未来という暗闇に突き進んでいこうという、かすかな勇気。暗闇を前進する力の源のようなものが、ほんの少しだけあることに気づいたのだ。そしてそれは、結晶のように固まっていて、杏南の体の奥、お腹の中でどきんどきんと生きている。

これが、ロコモーションというやつだろうか。

「でも、なんとかするって、現実問題、どうするん？」

「え、えー、あー、なんとか、うん。なんとか、する、よ」

杏南がほんのわずか感じた勇気《ロコモーション》は、璃空の煮えきらない言葉のおかげで一瞬のうちに吹っ飛んでいってしまった。でもなんだか、璃空が頼りなさすぎて逆に肩の力が抜ける。

むしろ、お腹の中のリアル子供と、いい歳して子供みたいなことを急にやる夫と、二人まとめて自分が支えなければ、という変な使命感が湧いてきた。これはこれで、「ロコモーション」かもしれない。自分が、馬力を出してゴリゴリ押していくしかない。

夫婦で、どうしようどうしよう、を繰り返していると、急にリビングのテーブルに置いてあった璃空のスマホに着信が入った。画面を見ると、「綱木」という表示が出ている。思わず、うえっ、と声が出た。綱木は高校の時の同級生の男子だが、当時、一度告白されて断ったことがある。以来、気まずくなって一度も話さずに卒業してしまったのだが、璃空とまだ繋がっているという話は聞いていなかった。

「ちょっと、ごめんね」

璃空が通話を開始すると、スピーカーから聞き覚えのあるダルそうな声が漏れ聞こえてきた。相変わらずお調子者っぽい口調だ。

——おい、リック。

——ナンバーワン、ほんとに獲る覚悟があるか?

5

綱木が東京に出たのは、二十歳のときだった。それまで通っていた地元の大学を中退し、夢であった料理人の道に進むことに決めた。料理は小さな頃から好きだったし、自惚《うぬぼ》れではないが、手先の器用さと味覚のセンスには自信があった。きっと、自分ならウマいものが作れる。繁盛店を生み出せる。綱木は本気でそう信じていた。そこで、「数年以内に頭角を現して」「十年以内に自分の店を開く」という、キャリアプランと言うにはざっくりとしすぎた予定を立て、大学中退、上京、という思い切った人生転換に踏み切ったのだ。

だが、実際に業界に飛び込んでみると、世界が自分のイメージとかけ離れていることに気づいて、綱木は愕然とした。就職した料理店で任されることは、皿洗いと膨大な量の野菜の皮剝き。それが毎日繰り返される。丸一年働いても、一歩も前に進まないのだ。

こんなの、修業と称して店側が労働力を搾取しているだけだ。時間の無駄だ。綱木はそう思って、入店から一年で最初の店を辞めた。すぐに次の店に入ったが、そこでもやっぱりやることは同じだった。どこの店でも、「筋はいい」「才能はある」と言われるのに、そこから先に進ませてはもらえない。

それなら、いきなり自分の店を持てばいい。何店か渡り歩いた後、綱木はそんな結論を出した。自分のセンスが認められないなら、自分の力だけで前に進めばいいのだ。下積みという名の労働搾取を受けるより、その方がずっと近道だと思った。

自分の店を開くには、当然、開店資金がいる。まとまった金を貯めるために、綱木は居酒屋を中心にアルバイトをいくつもかけ持ちした。元々なにかにつけて器用だったし、人当たりもいい性格だ。バイトでは重宝されて、あっという間にリーダーを任された。店長からはよく褒められて、後輩からは慕われる。ほら見ろ、と、自分を認めなかった料理店のオーナーに唾を吐きかけてやりたい気分だった。

でも結局、綱木はそこから先に進めないまま、十年の時を過ごした。

バイトで稼いだ金は、開店資金になるほどは貯まらなかった。パチンコに費やしたり、新しくできた仲間と遊んだり、なんとなく毎日が過ぎていく中で、なんとなく浪費してしまっていたのだ。俺は料理人になる、という夢は夢として持ったまま、綱木は自分が「フリーター」と呼ばれる存在であることから目を背け続けていた。

自分が、何者でもなかった。そう気づいてしまったのは、ある日、一人の男がテレビに映っているところを見た瞬間だった。画面の中、リポーターからインタビューを受けていたのは、高校のときに同じ学年にいた村上というやつだった。あまり仲はよくなかったが、クセのある話し方はよく覚えていた。親は確か医者だが、本人の成績はいつも中の下くらいで、デキはよくなかった記憶がある。顔は十人並みで、性格もチャラい。スケボーが趣味で、いつも夜中の公園にたむろしては、なにやらぴょんぴょん飛んでいた。

村上はスケートボードとトロフィーを抱えて、表彰台の真ん中に立っていた。どうやら、国際大会で優勝をしたようだ。綱木が高校の頃は、スケボーなど単なる遊びでしかなかった。それが今やオリンピック競技だ。海外の大きな大会では、かなりの額の賞金を手にすることもできるらしい。

誇らしげな村上の顔の下には、「日本スケートボード界のレジェンド、貫禄《かんろく》の優勝」というテロップがつけられていた。表彰台の左右は、十代くらいの若い選手のようだった。勉強もあまりできず、ただ夜に公園でスケボーに興じていただけだった村上が、三十歳になった今も、表彰台の上で「レジェンド」と称賛されている。それは、綱木にとっては衝撃的だった。十年前は、綱木と村上の立っている場所など、さほど変わらないところだったはずなのに。

俺、十年もなにをしていたんだろう。

振り返ってみると、綱木の十年間は同じことの繰り返しだった。夢に向かって進んでいるのだと自分をごまかしながら、ただ毎日バイトをして、同じところをぐるぐると回っていただけだ。もし、料理人として下積みを十年続けていたら、十年分は料理人として先に進んでいたかもしれない。でも、綱木が到達したのは、「アルバイトを十年続けた人」が立つ場所だった。

アルバイトから正社員を目指し、店長になって、やがてエリアマネージャーになって、という人生を選ぶこともできただろうが、綱木はその道を捨てた。もう一度、料理人を目指す。地元に帰って、原点からやり直す。俺はまだこれからだ。そう信じて、綱木は地元に戻ってきた。それが半年前のことだ。ちなみに、璃空に説明した「父親が病気」というのは、大ウソだ。父親は今日も無駄にぴんぴんしている。

「綱木さ、どこに行くの？」

「まあ、いいとこだよ、いいとこ」

古い商店街の真ん中をよたよた歩く綱木の後ろを、璃空が不安そうな顔でくっついてくる。こんなおどおどしたやつが、よくもまあ思い切って独立開業なんてしたもんだ、と呆れる。

商店街の途中、シャッターの閉まった文房具屋の脇を曲がって、雰囲気のある裏路地に入る。建物が密集している割に、生命力といったものを感じない、時代に取り残されたような場所だ。その一角に、外壁を蔦《つた》で埋め尽くされた古めかしい建物がある。

「着いたぞ」

「着いた、って、どこに？」

レトロ感のある木製のドア横にちょこんとついたチャイムを鳴らす。少し間があった後、ロックを開錠する音が聞こえて、中からドアが開かれた。

「おう、いらっしゃい」

出てきたのは、ポロシャツにスラックス、という格好の老人だ。やや毛の薄い頭を撫でながら、どうぞ、と二人を建物の中に招き入れた。

「掃除してないからちょっとホコリっぽいけど、その辺にかけなさい」

薄暗い部屋を見渡しながら、璃空がおそるおそるといった様子で椅子に腰かけた。まあ、きょろきょろするのも無理はない。なにしろ、説明などなにもせずにここまで引っ張ってきたのだ。サプライズのつもりで。

「君が、リックくん？」

「あ、いや、はい、井上璃空といいます」

「話はね、彼から聞いたよ。移動販売のお店をやってるんだって？」

「はあ、そうです」

「仕込みをする場所がなくて困っているとか」

「困っているというか、まあ、そんなところです」

「そっか。まあじゃあ、そこの厨房でよかったら、使ってもらっても構わないよ」

璃空が、へ？　という間の抜けた声を出す。

「へ、って、なにも聞いてないのかい？」

「いやその、びっくりさせてやろうかなと思いまして」

綱木が笑うと、君らしいねえ、と、老人が呆れ顔で笑った。

ここは、少し前まで『グリル月河軒』という洋食店だった。老人は、オーナーシェフだった人で、前沢永吾という名前だ。地元で愛される名店だったが、後継者がおらず、先日、残念ながら閉店することになってしまった。

永吾がおもむろに厨房に立っていって、照明を点けた。きれいに整理された厨房は、ある日突然時が止まってしまったかのように見えるが、まだまだ錆《さ》びついている感じはしない。いつでも息を吹き返しそうな、そんな空気が漂っている。

「ちょっと年季は入ってるけど、仕込みだけなら問題ないと思うよ。ガスもまだ通してるから、明日からでも使える。もし使うなら、電気代ガス代だけ負担してもらえたらいいよ。あとはまあ、キレイに使ってくれたらありがたいかな」

璃空が、「どういうことだ?」と綱木の袖を引いた。鈍いやつだな、と軽くため息をつく。

「ちょっと、このお店とは縁があってさ。俺が、リックのことを話したら、厨房を使ってもいいって言ってくれたんだ」

「いやでも、そんな、いいのかなって」

「細かいこと言うんじゃねえよ。なんだ、それともせっかくここまでセッティングしてやったのに、文句でも言うつもりか」

文句なんてとんでもない、と言うように、璃空が必死で首を横に振った。だったら黙れ、と、綱木は荒い鼻息を吹き出した。

「例のキッチンカーイベント、出たいんだろ？」

「そりゃ、出られるなら」

「だったら、どうあがいても、仕込みができねえとお話にならねえだろ」

「そう、だけど」

「仕込み場所を自分で維持する金がない」

「うん」

「そしたら、ここを使わせてもらうしかないだろうが」

璃空が、目を左右に泳がせる。その先にいた永吾が、いいんだよ、と、何度か笑顔でうなずいた。

「もし、使わせてもらえるなら、是非使いたいけど」

「よし。ここで、まずは究極のロコモコを作るぞ。手伝ってやる」

「作るぞ、って、綱木がなんで？」

「うるせえな、乗りかかった船ってやつなんだよ。邪魔か？」

そんなことないけど、と、璃空はまたふるふると首を横に振る。

「でも、なんでそこまで、僕なんかのために、って」

「バカ、勘違いすんなよ。お前の店なんてどうでもいいけどよ、ナンシーが困るなら話は別なんだよ。なんてったってな、一度は惚れた――」

「その呼ばれ方、僕も杏南も全然馴染んでないんだけど」

うるせえ黙れ恩知らず、と、綱木は全力で璃空を罵倒する。

「で、やるのかやらねえのか、どっちだよ、ナンバーワン」

璃空が、小さく息を吸い込んで、ふん、と鼻から吐いた。そして、きゅっと顔の筋肉を引き締めて、やる、と宣言した。

「目指すはナンバーワンだぞ」

「究極の」


――究極のロコモコ！

いい年をした男二人が、よくわからないテンションでいきなり騒ぎ出すのを見て、永吾が、君たちちょっと静かにしなさい、と苦言を呈した。永吾には悪いが、なにかの力を受けて少しずつ進み出す運命の輪のようなものを感じて、綱木は興奮を抑えることができずにいた。

6

永吾が自宅スペースである二階から細くて急な階段をえっちら下りると、やや頼りない厨房の明かりが見えた。壁かけ時計の針が、深夜二時を指している。一階全体に、肉の焼ける香ばしい匂いが漂っていた。まだ引退してからいくらも経っていないのに、その匂いを嗅ぐと、体の奥からふつふつと沸き立ってくるものを感じた。永吾は、おいおい、と自らその感情を抑え込む。

璃空という青年は、あれから毎日厨房に来てメニューの開発を続けていた。もう、二週間になるだろうか。璃空は日中に移動販売の仕事をし、営業終了後に『旧・月河軒』にやってくる。そこから深夜、下手をすれば朝方近くまで新メニュー開発に没頭し、食べては作り直す、の繰り返しだ。綱木も、自分の仕事探しそっちのけで、まめにやってきては、ああでもないこうでもないと好き勝手口出しをしている。ただ、綱木の言うことは、永吾の目から見ても決して的外れではない。本人が「センスはある」と言うのも、あながち自惚れでもないようだ。

その綱木はというと、店内の客席に突っ伏してイビキをかいていた。背中には、そっと上着がかけられている。

「精が出るね、リックくん」

「あ、すみません、うるさかったでしょうか」

「いや、いいんだよ。年寄りになると、夜はちょこちょこ目が覚めちゃうもんでね」

歳を取るのは嫌だねえ、と、永吾は笑った。

璃空の手元をそっと覗き込む。ステンレス製のストッカーに、飴色《あめいろ》のソースが入れられている。焼いたハンバーグを突っ込んで絡めているようだ。永吾にはあまり馴染みがないが、璃空が作っているのは「ロコモコ」というハワイ生まれの料理だそうだ。馴染みがないとはいえ、ハンバーグやソースの組み合わせだったら、永吾が作り続けてきた洋食と縁遠いものではないだろう。

「どれ、ひとつ味見させてくれないか?」

璃空は少し緊張した面持ちでうなずくと、焼き上げたばかりのハンバーグをソースに絡め、ご飯の上にのせた。そこに、ミニトマトやアボカドといった彩りを加える。ハンバーグがまとっているチェダーチーズと、半熟目玉焼きの黄色がまた鮮やかでいい。

「お願いします」

「どうも、じゃあ、いただきますよ」

スプーンで肉を少し崩し、野菜やライスと一緒に口に入れてみる。料理人としての修業経験がない素人と聞いているが、ハンバーグの焼き加減は丁寧だし、悪くない。野菜類も食感が楽しい。チーズに卵にハンバーグという重量感を、さわやかに受け止めている。

だが、問題はソースだな、と、永吾は思った。

璃空が作ったのは、肉汁をベースにしたグレービーソースだ。旨味の強いソースだが、それでもハンバーグの濃厚さに負けているように感じる。食べ進めるうちに、味がぼやけてくるのだ。

「うん、美味しいね」

「ありがとう、ございます」

「ただ、ちょっとだけソースが弱いかな」

璃空は下を向き、軽く肩を落とした。やっぱりか、という感覚だったのかもしれない。

「どうしてグレービーソースにしたんだい？」

「その、ハワイで食べたときに、美味しいなあ、と思ったので」

「なるほど。そのお店は、ハンバーグをフライパンで焼いていたかい？」

璃空は、あー、と、記憶を引っ張り出して、首を横に振った。

「たぶん、直火です。炭火の」

「君の車では？」

「鉄板を使ってます」

「なるほどね。じゃあ、ソースにも少し香りがあった方がいいだろうね」

「香り、ですか。なるほど」

ちょっと待ってて、と、永吾は厨房の端にある棚をまさぐり、古いキャンパスノートを一冊取り出した。端の方が変色した、汚いノートだ。表面には脂の跡も無数についている。だが、永吾にとっては命の次に大切なものだ。

「はい、これ」

「あの、これは」

「私のドミグラスソースのレシピ」

「デミグラスソースですか」

い、いや、ドミグラス、ね、と、永吾は笑いながらこだわりを伝える。フランス語の発音では、デミ、ではなく、ドゥミ、に近いのだ。

「ドミグラスっていうのは、最初に肉や骨を焼くし、ルウを焦がして使うから、香りが出るんだよ。炭火焼のハンバーグとは少し方向が違うかもしれないけど、香りもソースのアクセントになるんじゃないかね」

「なるほど、そうかもしれないです」

「君のグレービーとドミグラスを組み合わせたら、いい味になるんじゃないかな。ドミグラスの方が、日本人にはグレービーより食べ馴染みがあるし」

璃空はレシピ帳をペラペラとめくると、顔をひきつらせた。根が正直なのだろう。気持ちがすぐに顔に出る子だ。

「これ、一週間もかけて作るんですか？」

「そうだよ。まあ、あくまで私の場合は、だけどね。一週間かけて作って、それを継ぎ足していくと、やっぱり味に深みが出てくるからね」

「一週間かけた上に、継ぎ足すんですか」

「うちは、最終的に五十年継ぎ足すことになったよ。まあ、君がそこまでやる必要はないだろうがね」

五十年！　と、璃空は甲高い声を上げた。一瞬だけ目を覚ましたのか、綱木のイビキが途切れて頭が上がり、またすぐに元に戻る。

「そんな大切なレシピを、見せていただいてよかったんでしょうか」

ああ、と、永吾は軽くうなずいた。

「引退しちゃえば、レシピなんてものは無用の長物だからねえ。それに、こいつはそもそも――」

永吾は、再びイビキをかき出した綱木の背中に目をやった。

「彼に教えるはずだったんだ」

「え、綱木にですか」

「そうそう。突然来店したかと思ったら、うちのソースの味がいいから、店を引き継ぎたい、なんて言ってね。うちは子供たちも独立してるし、後継ぎもいないから、彼がやってくれるなら店ごと継いでもらってもいいかなと思ったんだけど」

「でも、お店、閉店されたんですよね？」

「そうそう。ドミグラスの作り方を教えたら、彼はびっくりしちゃったみたいでね。五十年継ぎ足してるとか、休みなく一週間作り続けなきゃいかん、とかね。彼が目を白黒させるからうちの妻が面白がって、ドミグラスのせいで新婚旅行にも行けなかった、なんて大げさに脅かすもんだからさ。途中で来なくなっちゃったんだよ」

「え、そんな失礼なことしたんですか、綱木のやつ」

まあしょうがないさ、と、永吾は笑った。

確かに、綱木が来なくなったときは体から力が抜けてしまうような気になったが、時間が経つと、だんだん整理がついてくるものだ。永吾のやり方はもう時代にそぐわないのだ、と思うと、諦めもついた。

「それがねえ、いきなり店に現れて土下座なんてされたもんだから、今度は私がびっくりしたよ」

「土下座？」

「自分の友達が、厨房を使えなくて困ってるって。どうしても助けてやりたいから、使っていない厨房を安く貸してもらえないか、ってねえ」

「そんな、失礼にもほどがある」

「最初はね、私もそう思ったけど。でも、なんだか君を見ていると、彼が頭を下げに来た理由もわかる気がするね」

「理由、ですか」

「こんなことを言うとね、老人の戯言《ざれごと》と言われてしまうかもしれないけど、私はやっぱり料理ってのは最終的に気持ちが大事なんだと思うんだ。旨いものを作って、人を幸せにしたい、っていうね」

璃空は少し背筋を伸ばして、真っすぐに永吾を見た。

「君からはね、人を幸せにしたいって気持ちを感じるんだよ。レシピも技術も大事だけど、なにより必要なのはその気持ちだ。彼が君をここに連れてきたのも、きっとその気持ちが伝わったからじゃないだろうかね」

永吾は、綱木が戻ってきた日のことを思い出した。床に額をこすりつけるようにして何度も謝り、泣きながら、お願いします、と繰り返していた。最初は冷ややかに見ていた永吾も、そこまでされるとさすがに断ることもできなくなった。

「あの、前沢さん」

「なんだい？」

「このソース、作ってみてもいいでしょうか」

「もちろん。参考にしてくれて構わないけど、手間はかかるよ」

「もし、長年継ぎ足していったら、僕なんかが作ったソースでも美味しくなりますか？」

意外な言葉に、永吾は少し戸惑った。言葉通り、璃空はこの手間のかかるソースを継ぎ足しで作り続けるつもりなのだろうか。

「もちろん。丁寧に作れば、ソースは毎日旨くなっていくものさ。確実にね」

「たぶん、五十年も毎日毎日同じソースを作り続けるなんて、僕なんかにはとても真似できることじゃないと思うんですけど」

「そりゃまあ、そうさ。普通はね」

「でも、それ、なんかすごく、ワクワクします」

そう言いながら、璃空は初めて笑顔を見せた。無邪気な言葉と表情に、思わず永吾も噴き出してしまった。

「そうなんだよ、私も、ただただ楽しかっただけでね」

——気がついたら五十年、毎日ドミグラスを作ってたんだ。

深夜の厨房に、若者と老人の笑い声が響いた。自分の中で再びジワリと膨らみそうになる料理人の心を、永吾は、おいおい、と、また自ら抑え込まなければならなかった。

7

「キッチンカー・フェスティバル」と銘打たれたイベントが始まって、はや、十五分が過ぎようとしている。市街地中心部、再開発事業の一環で生まれたショッピングモールの屋外イベントスペースには、二十台を超えるキッチンカーが広場を囲むように所狭しと詰め込まれていた。どこの店も、めいめいの売りを最大限にアピールすべく、のぼりや看板でド派手に装飾し、声を張り上げてお客さんを誘い込んでいる。杏南は、その光景を見ながら、先ほどから少し、いやかなり、焦りを感じていた。

結論から言うと、〝Locomotion No.1〟は、「地元枠」という地方イベントならではの参加枠になんとか滑り込み、奇跡的に出店をすることができた。大手や有名店とは別に、地元で活躍するキッチンカーを招待する、という趣旨の特別枠だ。もし、主催者側が「地元枠」など設けていなかったら、実績のない璃空のキッチンカーなどでは、とてもこんな大きいイベントに参加させてもらうことはできなかっただろう。

まず、「参加」という奇跡は起きた。だが、問題はそこからだ。イベント開始から十五分、会場に人は入ってきているのに、〝Locomotion No.1〟の前に並ぶ人の姿はまだない。今日はきっと忙しくなるだろうと、杏南が休日返上で璃空の補助を買って出たのに、まだ出番はない。火を入れた鉄板に向かう璃空の斜め後ろで待機しながら、杏南はこのままお客さんが一人も来なかったらどうしよう、と、泣きたい気持ちになっていた。

「しかし、暑いねー、今日は」

璃空が、底抜けに青い空を見上げて、呑気な声を出す。

夏休み期間中。ただでさえ暑い夏の日なのに、ハンバーグを焼く鉄板に火を入れると、キッチンカーの車内は灼熱《しゃくねつ》の暑さになる。そうでなくても、今日は日差しが強い。璃空が、杏南の体調を気遣ってペットボトルの水を渡してくれた。妊娠六か月、二十二週目に突入したお腹の中の赤ちゃんは、いたって順調だ。杏南の下腹もポッコリと膨らんで、傍目《はため》にも妊婦であることがわかるようになってきた。璃空からは、手伝いは嬉しいけれど、絶対に無理をしないように、と、強く言われている。

「ねえ、璃空」

「ん？」

「お客さん、来るかな」

「どうだろ。知名度ないからなあ」

「そこはさ、絶対来るって言ってよね」

璃空が、車外をじっと見たまま、ごめん、と笑った。

「でも、大丈夫だよ。やることはやったから」

火の入った鉄板。一人分ずつ切り分けられたハンバーグのタネ、カットされたトッピングの野菜はしっかり冷蔵保存。そして、IHコンロにセットされたスープストッカーには、この三か月間、璃空が寝る暇も惜しんで研究し、完成させた特製ソースがなみなみと注がれている。準備は万端だ。

――究極のロコモコ。

今回の出店に当たって、璃空はそれまでのメニューを刷新した。今までのありがちなステレオタイプのロコモコ丼はやめて、自分の考える最高のロコモコを目指したのだという。結果、メニュー名も「究極のロコモコ」に変えることにした。自ら、思い切りハードルを高く引っ張り上げた印象だ。それだけ、自信があるということかもしれない。

仕込み場所を確保できたことで、ハンバーグもソースも手作りができるようになった。仕込み場所は元々洋食店であったお店だそうで、璃空はそこの元シェフに、洋食の基本を教えてもらいながら研究を重ねたようだ。そうして出来上がった「究極のロコモコ」はもちろん杏南も試食済みだが、身内びいきの感情を差し引いても、めちゃくちゃ美味しいと思う。めちゃくちゃ、だ。大事なことだから、何度でも言いたい。食べてもらえさえすれば、絶対にわかってもらえる。

でも、その食べてもらう、ということが至難の業だった。

お客さんがふらふらと入ってきても、〝Locomotion No.1〟に辿り着く前に、他のお店の行列に吸い寄せられていってしまう。有名店や大手などはたくさんの従業員を引き連れてきていて、やや強引にお客さんを連れていくこともある。個人で参加の璃空は、明らかに不利だった。

なのに、どうしてだろう。お客さんを待つ璃空の背中からは、悲観的な感情も、焦りも見て取れなかった。杏南だけがやきもきしていて、一人、取り残された気分になる。

「杏南」

「え、あ、うん？」

「来るよ」

「来る？」

「お客さん」

杏南が璃空の見ている方向に目を向けると、数名の男女の集団が、ゆっくりと、でも確実に真っすぐ、〝Locomotion No.1〟に近づいてくるのが見えた。どうやら、夏休み中の大学生グループらしい。その中に紛れて、一人浮いた感じの男がいる。

綱木だ。

集団が近づいてくるにつれ、交わされている会話が杏南の耳にも届いてきた。どうやら綱木は頼んでもいないのに客引きをしてくれたらしく、学生たちに向かって「マジでうまいから」「食べないと確実に後悔する」などと言いつつ、リーダー格の男子学生の腕を抱え、強引に引っ張っていた。引っ張られている学生は、なんとも嫌そうな顔をしている。

綱木は、ここだ、と、〝Locomotion No.1〟の前で止まり、ようやく学生たちを解放した。そして、ちゃんと食ってけよ、そして投票しろ、と、半ば脅しのような言葉をかけ、またフラフラとどこかに行ってしまった。

「ねえ、あいつなに？　お兄さん」

集団の中の、少し派手目な女の子が、半笑いで璃空に話しかけた。璃空は動じることもなく、「友達でさ」と答えた。

だが、綱木に無理やり連れてこられただけの学生は、なかなか注文を入れてくれない。ついには、食ってく？　どうする？　という会議が始まってしまった。杏南は、はっとして、窓から顔を出した。ここは、自分の出番だ。

「どれにします？　今日最初のお客さんだから、特別にトッピング一品ずつサービスしちゃうけど！」

学生たちは少し顔を見合わせると、ようやくキッチンカーの前に置かれた立て看板に視線を移した。「究極のロコモコ」という名前とともに、商品写真を貼りつけ、価格を表示してある。ベースとなる〝750yen〟の「究極のロコモコ」に、好きなトッピングを追加していくようなスタイルだ。

「え、サービスとか、マジっすか？」

「もちろん。絶対美味しいから、食べていって！」

半ば祈るような気持ちで、杏南は学生たちに食らいつく。学生の中の一人が、結構ウマそうじゃない？　と言い出すと、風向きが少し変わった。やがて、集団の空気がゆっくりと動き出して、綱木に捕まって嫌そうな顔をしていたリーダー格の男子学生が、じゃあ、俺、頼んでみるわ、と声を上げた。

結局、集団六名のうち、四人が「究極のロコモコ」の注文を入れてくれた。トッピングのサービスは、男子二人が「チェダーチーズ」を、女子二人は「アボカドスライス＆角切り《ダイス》トマト」を選択した。そして、全員が杏南のサービスとは別に、「半熟卵」のトッピングを追加した。半熟卵は、「絶対にプラス五十円までにしろ」と、綱木が最後までしつこく璃空に意見したトッピングだ。原価を考えるとほとんど儲けなしだが、綱木がどうしてもと譲らなかったので、致し方なくラインナップに加えた。だが、綱木の言う通り、お客さんへの訴求力はあるのかもしれない。璃空が、杏南に向かって笑みを浮かべた。売れてよかった、というよりは、釣りで大きな魚がヒットしたときのような、よし、という笑顔に見えた。

「ちょっとお時間頂くので、そこで座って待っててね」

イベント会場にはテントが張られていて、座って食べるためのテーブルやイスも用意されている。杏南は学生たちから代金を受け取ると、キッチンカーを下りて、集団を〝Locomotion No.1〟から一番近い場所に座らせた。そして、急いでまた車に戻る。

杏奈が後部ドアから車内に入った瞬間、じゅわ、という音が響き渡った。璃空が、鉄板に肉をのせたのだ。十分に熱せられた鉄板に、満を持して鮮やかなピンク色のパテがずらりと四つ並べられる。音を立てて一気に吹き上がる蒸気と一緒に、肉の焼ける香ばしい匂いが車内に満ちていく。そういえば、今日は朝から忙しくて、ろくなものを食べていなかった。調理補助をしなければならないのに、思い切り杏南のお腹が鳴る。母の気持ちが伝わったのか、お腹の中のジュニアが動いて、中から腹を蹴った。ウマそうだな、食わせろ、とでも言っているかのようだ。

「杏南、準備」

「あ、ごめん、つい」

いかんいかん、と我に返り、杏南は、素早く四人分の使い捨て容器を調理台に並べていく。調理の手順は、璃空と何度もシミュレーションしてきた。ちゃんと頭に叩き込んできている。

「ライス、オッケー」

璃空の合図。杏南は炊飯器から丸っこい型にライスを移して形を整え、使い捨て容器の中央にこんもりと盛る。ライスはただの白ご飯ではなく、ほんのり茶色い。璃空が元洋食屋さんから作り方を教わったブイヨンを使って炊いたものだ。

ライスのスタンバイができると、璃空はコテをうまく使って、焼き上げたハンバーグをライスの小島に立てかける。そして、まるで南の島を取り囲む海のように、特製ソースをたっぷりと注ぎかけた。特製ソースは、グレービーソースと教わったドミグラスソースのいいとこどりをした璃空のオリジナルソースで、さらにマッシュルームとオニオン、スパイス・ハーブ類で香りをつけた自信作だ。このソースだけでも、ご飯がもりもり食べられると杏南は思う。

出来上がった「究極のロコモコ」に、杏南がトッピングを手早く添える。チェダーチーズのスライスが二人分。しっかり色止めをして鮮やかな緑色を保ったアボカドスライスとダイストマトのトッピングが二人分。最後に、ライス島の上に半熟卵をのせる。卵は鉄板で焼くのではなく、ブイヨンをくぐらせたポーチドエッグにしてある。

お待たせしました、と、できる限り声を張りながら、杏南は出来上がったばかりのロコモコを学生たちの前に運ぶ。ウマそうじゃない？　という第一印象を聞いて手ごたえを感じながら、ごゆっくり、と一声かけ、キッチンカーに戻る。

璃空のロコモコを注文しなかった学生二人は、別のキッチンカーの行列に並んでいるようだった。その二人を待っているのか、四人はなかなかロコモコに手をつけない。キッチンカーから様子を見ながら、早く食べてよ、と、杏南はまたやきもきする。冷めちゃったら、美味しくなくなっちゃうじゃん。チーズが固まっちゃうじゃん。せっかく、アツアツで出しているのに。口には出せないイライラを、必死に腹の中へと戻す。

だが、そのうち一人の女子が空腹に堪えかねたのか、吸い寄せられるように、璃空のロコモコの上に鼻を近づけた。めっちゃいい匂い、とつぶやき、先に食べていいかな？と言い出した。いいよ、食べちゃえ、と、杏南は心の中で女子学生の背中を押す。体に力が入りすぎて、お尻がぎゅっと締まった。

いいんじゃない？という仲間からのユルい返答を受けて、女子学生がスプーンを手に取った。そこからどういうことが起こるか、試食済みの杏南は知っている。驚くほど柔らかいハンバーグをスプーンで切り分けても、何故か中からは一滴の肉汁も出てこない。ブイヨンの風味を染み込ませたライスとハンバーグがスプーンの上にのり、さらにソースを掬い取るように絡ませる。スプーンの上に出来上がった「ミニロコモコ丼」を口に入れ、軽く歯を立てる。

その瞬間、ハンバーグから洪水のように肉汁があふれ出してくる。元洋食屋さんから、

「肉汁を完璧に閉じ込める方法」を習ったおかげだ。続けて、特製ソースの香りが爆発して鼻に抜けていく。噛むごとに味と香りが一体になって、「美味しい」が脳の奥の方まで染み込んでくる。味は濃厚、香りも強烈だが、ソースの絶妙な加減のおかげで、クドさは感じない。これなら、永久に食べていられるのではないかと思うほどだ。

おそらく、杏南とまったく同じ経験をしたであろう、女子学生の目が真ん丸に見開かれる。少しだけ手が止まった後、唇が小刻みに、「ヤバいヤバい」と動き出したのが見えた。その興奮が少しずつ周囲に伝わっていく。半信半疑という様子でロコモコに手をつけた大学生たちが騒ぎ出し、注目を集める。半熟卵を割って黄身が流れ出すと、「ヤバーイ！」という歓声が起こった。食べている女子学生は、慌ててスマホを取り出し、角度を変えながら何枚も画像を撮る。

周囲の空気が、なにを騒いでいるんだ？　という空気から、なにを食べているんだ？に変わり、テーブルの上のロコモコと、璃空のキッチンカーの間に、見えない線路が出来上がる。あ、来た。目に見えない力を感じて、杏南は思わず身震いをした。

学生たちの近くで別の店のメニューを食べていたカップルが、〝Locomotion No.1〟に目を向けた。なにかひそひそと二人で会話をしていたかと思うと、彼氏が財布を持って立ち上がり、ゆっくりとこちらに向かってくる。

「ねえ、杏南」

「うん？」

「今日は、忙しくなりそうだね」

鉄板に油を馴染ませながら、璃空が杏南に顔を向ける。その表情ときたら、杏南が今までの人生で見てきた中で、誰よりも、なによりも楽しそうな笑顔だった。

8

「キッチンカー・フェスティバル」と銘打たれたイベントは、大盛況の中、フィナーレを迎えようとしていた。綱木は、膨らんだ腹をさすりながら、朱《あか》く染まりつつある夏空の下、ふう、と、ひと息吐いた。

キッチンカーと一口に言っても、いろいろなものがあるものだ、と感心する。オシャレなカフェメニューを出すところから、SNS映えしそうなスイーツ、地方のB級グルメ、定番のホットドッグやクレープ。綱木は片っ端から並んで食べ比べをしていったが、朝から休み休み食べても、全制覇するのは時間ギリギリになってしまった。おかげで、もう腹がパンパンだ。これ以上はなにも入らない。

どこの店も、レベルが高い。だが、正直言って、璃空のロコモコも負けてはいないと綱木は思った。璃空が丁寧に鉄板で焼き上げたハンバーグと、知る人ぞ知る地元の名店

『グリル月河軒』の遺伝子を引き継いだソースのマリアージュは、とてもキッチンカーで出てくるとは思えないほどのクオリティだ。「究極」の名に偽りなし。味では負けちゃいない、という確信がある。

「ねえ、行けるかな」

「当たり前だろ。大丈夫だって」

綱木の隣には、ナンシーこと杏南が祈るようにして投票結果の発表を待っていた。高校の頃の面影を残しながらも、やっぱり大人になったな、と思う。まず、肉づきがよくなった。妊娠しているということもあるだろうが、試食と称してロコモコをバクバク食ってきたせいもある。璃空の代わりに、少しダイエットも考えろ、と言ってやらねばならない。

今日は、杏南もスタッフとして璃空の調理補助をしていた。いつもは閑散とした場所にしか店を出せなかった璃空にとって、今日の客数は初めて経験する「大繁盛」だったかもしれない。丁寧ではあるが調理スピードに難がある璃空の周りで、杏南は妊娠六か月のポッコリお腹を抱えながらも獅子奮迅《ししふんじん》の働きを見せていた。

悔しいが、いい夫婦のコンビネーションだ。

いよいよ、結果発表が始まる。各キッチンカーの代表者がずらりとステージに整列する。璃空はステージ向かって右の端っこで、道端の小石のような存在感のなさをいかんなく発揮していた。真ん中に行けよバカ、と背中を蹴り飛ばしたくなる。

「あー、もう、やだ！」

杏南が、ステージを凝視しながら、力任せに綱木の二の腕をグーで殴る。痛《いて》えよバカ、やめろ、と言っても止まらない。

「だから、大丈夫だって、あいつは」


——君からはね、人を幸せにしたいって気持ちを感じるんだ。


以前、『月河軒』で、深夜、テーブルに突っ伏して寝ていたとき、綱木の耳には永吾と璃空の会話が聞こえていた。永吾の言うことは間違いない。璃空を見ていると、「儲けたい」とか、「称賛されたい」という気持ちより先に、「人を幸せにしたい」という気持ちが伝わってくる。杏南の話によると、開店以降ずっと、店はひどい赤字状態だし、タイミング悪く杏南の妊娠が判明するしで、生活費はカツカツだったらしい。そんな状態で「人を幸せに」なんて考えていられるのだから、ある意味呑気なやつだ、と思う。でも、俺になかったのは、その気持ちかもな、と、綱木は思った。

自分で言うのもなんだが、手先は器用だし、味覚のセンスは人よりあると今でも思う。けれど、人を幸せにしたいと思って料理をしたことはなかった。幸せになりたかったのは自分で、料理はその手段だった。どこの料理店でも、そういう内面を見抜かれていたのかもしれない。

この三か月、綱木はロコモコの改良をつきっきりで手伝った。一週間ぶっ続けでドミグラスソースをかき混ぜ続け、アホみたいな量の玉ねぎを刻み、ハンバーグを焼き、ロコモコが憎くなるほど試食を繰り返した。もう嫌だと思っても、璃空が一言も愚痴をこぼさないので、意地になって食らいついた。その裏で、相変わらず就職活動はうまくいかなかった。料理人は自分に向いていないということは頭ではわかったはずなのに、割り切って普通の会社に就職する、という覚悟ができなかったせいだろう。

実家に寄生する後ろめたさをぶつけるように、綱木は璃空と一緒に厨房に立った。今日の結果はもちろん璃空のものだが、その中には、綱木の意地も少しだけ練り込まれている。百パーセントの他人事ではなかった。

ステージ上では、司会者が投票結果の書かれているカンペを開き、ざっと視線を滑らせた。自分が試されているような気がして、綱木の手が震えた。

――あれだけやったんだ。

――優勝しなきゃおかしいだろ。

やがて、心の整理がつくよりも先に、司会者が「三位は！」という声を上げた。ドラムロールが流れる。たっぷりと間を取った後、票数と三位の店名が発表された。わっと歓声が上がって、会場の一角で飛び跳ねる人間の姿が見えた。石窯を搭載したキッチンカーが売りの、ナポリピザの店だ。確かにウマかったが、スタッフも多いし、企業の資本が入っている。くそ、卑怯者、と、半分言いがかりのような悪態が口をついて出そうになる。

杏南が、食い入るようにステージを見つめている。綱木の二の腕を鷲摑《わしづか》みにしたまま、石像のように固まっている。おい、痛えよ、と腕を振るが、ろくなリアクションがない。何度か声をかけてようやく綱木に向いた杏南の目には、びっくりするほどでかい涙の粒が溜まって、ブルブルと揺れていた。

「バカ、なんで泣いてんだよ。早えだろ」

「泣いてないから、まだ、辛うじて！」

「だから、大丈夫だっつってんだろ？」

「わかってる、けど！」

――続いて、二位は！

ドラムロールが鳴る。司会者が、票数を読み上げる。

——エントリーナンバー、18！

——〝Locomotion No.1〟、「究極のロコモコ」！

あれ、と、綱木の体から変な感じに緊張感が抜ける。まだここで名前が呼ばれるはずじゃなかった。なんだよ、一位じゃねえのかよ。ナンバーワン、って店名なのに。ステージの端っこにいた璃空は、自分の店の名前が呼ばれても、きょとんとした顔をしていた。やがて、スタッフに肩を押されるようにして前に出ると、まるで捕まった宇宙人の如《ごと》く、やったあ、といった感じでへろへろと両腕を上げ、かちかちの表情のままバンザイをした。なんだそりゃ、とため息が出そうになる。もっとこう、あるだろ。一位じゃないけど。

リアクションの薄い璃空の姿に呆れていると、急に横からどすん、という音が聞こえて心臓が飛び上がりそうになった。みると、杏南が尻もちをついている。泣きながらしゃがみこんだところ、思いのほか腹が邪魔して後ろにひっくり返ったらしい。周囲にいた数名の男女が、慌てて引き起こしてくれたが、杏南は礼を言うこともできず、顔をぐしゃぐしゃにして泣きっぱなしだった。

「おい、泣きすぎだろ。パンダになってるぞ、マスカラが」

「だって！」

「悔しがれよな、バカ。一位じゃなくて二位だぞ」

うるさい、と喚《わめ》きながら、杏南がまた綱木の二の腕にグーパンチを見舞う。腹の子の分の体重が加わったパンチは、見た目以上にずしんと重かった。

結局、投票一位に見事輝いたのは、オリジナルパンケーキの店だった。味も良かったが、とにかく群を抜いてSNSに映えそうな見た目で、正直、綱木も度肝を抜かれた逸品だった。ありゃしょうがねえわ、と、つい本音が漏れる。

璃空は、一位になったパンケーキ屋の女性を、ピザの店のおじさんと挟むようにして立ち、小さな二位のトロフィーを誇らしそうに胸に掲げた。観客の頭の上ににょきにょきとスマホが生えてきて、パシパシと電子的なシャッター音が鳴る。

表彰式が終わる。ステージから璃空が下りてきて、こちらに向かってくる。まだ泣き止まない杏南が、重機関車のように人の波をかき分けながら、しゅっしゅぽっぽとばかり、璃空に突進していった。

「璃空！」

「おい、ナンシー無茶すんなよ！　妊婦のくせに！」

ふと、璃空の目が綱木の視線と交わった。璃空は、わずかに紅潮した頬にふわっとした笑みを浮かべ、拳を握ってガッツポーズを取った。なんだか、弱々しいし様にならない。いちいちダセエやつだな、と、綱木は鼻で笑った。こうやるんだ、とばかりにぎゅっと拳を握って、盛り上がる腕の筋肉を見せつける。

——次は、俺が前に進む番だな。

綱木は胸に込み上げてくる熱いものをぐっと抑え込みながら、流れる人波の中で抱き合う夫婦の姿を見つめていた。夕日の中で重なり合った二人のシルエットは、嫉妬する気もなくなるほど、美しい一枚の画になっていた。

解　説

吉田大助

漫画の世界では既に五〇年もの歴史を数えようとしている、料理モノ（グルメ漫画）。小説界では二〇一〇年前後から、「食」をテーマに据えた作品が数多く発表されるようになった。シリーズ化および映像化された著名な作品だけを挙げてみても——高田郁《たかだかおる》『みをつくし料理帖』、秋川滝美《あきかわたきみ》『居酒屋ぼったくり』、柚木麻子《ゆずきあさこ》『ランチのアッコちゃん』、柏井壽《かしわいひさし》『鴨川食堂』、原宏一《はらこういち》『ヤッさん』、平山夢明《ひらやまゆめあき》『ダイナー』。特に最後の一作は、このジャンルの可能性を大きく押し広げた傑作にして怪作だ。

小学館主催の公募新人賞「日本おいしい小説大賞」も、二〇一九年度より新設された。ウェブ発のいわゆる「なろう小説」では、「ホラー」「コメディ」と並んで「グルメ」のキーワードが検索ランク上位に食い込む。アマチュア作家も好んで「グルメ」がテーマの小説を書き、受け手もまたそのテーマを求めている事実のあらわれだ。二〇一九年現在、小説の世界でも「食」は一つのジャンルとして定着した感がある。それは何故なのだろうか。いったい何が魅力なのか？　その答えが、『本日のメニューは。』の中にぎっしり詰まっている。

本書は、行成薫の小説第八作に当たる、短編集だ。……もう冷静ではいられません。まさか行成薫が、胃袋のみならず涙腺をガンガン刺激する、「食」がテーマの人情物語を書くなんて！　そもそも第二五回（二〇一二年度）小説すばる新人賞受賞のデビュー作『名も無き世界のエンドロール』から、二〇一八年冬に刊行された第七作『怪盗インビジブル』までの作品内で、「食」に言及する機会は印象的ではあったものの、決して多くなかった。理由は想像できる。殺人や超能力といったフィクショナルな要素を盛り込んだ、ハレ（非日常）とケ（日常）の分類で言えば、ハレの物語を書き継いできたからだ。しかし今回は、ケ。徹底的に日常に根付いた、普通の人々（Ordinary People）の物語五編が収録されている。

普通の人々の日常を書こうとしたから、その風景の中において必要不可欠である「食」を前面化しようと思ったのか。それとも「食」をテーマに据えて書こうと思ったから、普通の人々の日常をクローズアップすることになったのか。おそらくは両面からだとは思うが、一〇〇％確定している事実を一点、指摘しておきたい。著者のツイッターのタイムラインを遡れば一目瞭然だが、彼は料理が趣味で、一・六ミリ厚の北京鍋を二〇年愛用し、吉野家の牛丼を自炊で完コピ（！）するほどの腕前なのだ。その腕と「食」への情熱が、本書において爆発した。面白くならない、わけがない。

文庫は解説から読むという方のことも意識しつつ（とはいえややネタバラシありで）、全五編の魅力を記録していこう。それは、「食」がテーマである小説の魅力を記述することにも繋《つな》がるはずだ。

①「四分間出前大作戦」は、『中華そば・ふじ屋』を主な舞台に、多視点群像形式で綴《つづ》られていく物語。毎日通う常連客の村上哲雄は、店の看板メニューである昔ながらの中華そばをこよなく愛している。哲雄のモノローグによって表現される、ラーメンの味そのものについての描写はコンパクトだが、その先に連なる描写が重要だ。〈ほとんど毎日食べているというのに、一口めの鮮烈さはいつでも彩《いろ》を失わない。夢中になって食べ終わった後の余韻は、ああ、生きている、という幸福感と生命感に満ちている〉。ビジュアルがない、文字だけの小説にできることは、これだ。味わった者の内面に広がる感慨の記述を通して、読者もまたこの店のラーメンのうまさを体験するのだ。

常連客がうなる「一口め」の感動は、店主である藤田稔のこだわりでもある。だからこそ、時間が経《た》つと麺が伸びるため、出前やテイクアウトはしていない。けれど、どうしても店の外で食べたいという客が現れた時に、店主が出した条件は、ラーメンができてから四分以内に「一口め」をすすれるよう、自分たちで出前の手配を整えることだった――。短いページ数の中に、「ヒーローらしからぬヒーロー」「人と人との繋がりの奇跡」という、行成薫作品のキーモチーフがずらり出揃《でそろ》った好編だ。美味《おい》しい食事は「心の滋養」になる、という店主の一言は、本書全体の通奏低音にもなっている。

全編中屈指の完成度を誇る②「おむすび狂詩曲《ラプソディ》」の主な舞台は、店主の星野結女が一人で切り盛りする、カウンター七席のみの狭小店舗『おむすび・結』。〈米の中に具をぎゅっと押し込んで握るのではなく、白米の布団で空気ごと具を包み込んであげるようなイメージだ。握り固めるのではなく、ご飯粒本来の粘り気で自然に結びつくように、ギリギリの力加減で成形するのが結女のやり方だ。だから結女は、「おにぎり」ではなく「おむすび」と呼んでいる〉。……絶対美味しいやつじゃん！

常連客の一人が、女子高生のひかりだ。「メシマズ母」の「マズメシ」を回避して、この店で朝食を取るようになった。おむすびという家庭料理が醸し出す「おふくろの味」を介して繋がる、擬似母娘のような結女とひかりの関係性は、ひかりの母の介入によって大きく変容する。「母と娘」から「母と母」の関係性へと、重心をスライドさせるストーリーテリングが卓抜だ。

ひかりの母は、娘に持たせる昼のお弁当にもっとも力を入れているが、その理由は娘に昼食を楽しんでもらいたいからではない。お弁当の写真をＳＮＳにアップし、見知らぬ他人から評価され自己肯定感を得るためだ。ゆえに大事なのは、味ではなく見映え。「映《ば》え」を追求しすぎた結果、〈破壊的な「マズメシ」〉が出来上がる。ＳＮＳが爆発的に普及した今だからこそ描かれることとなった、極めて現代的な悲劇（喜劇）だ。

そうした現代性に、普遍性を付け加えて差し出してくるところが、この作家の持ち味だ。家庭における料理人——現代社会においてその役目はまだまだ父ではなく母——は、子供を「食」によって縛る。きつい家事労働の成果として無償で提供される料理は、善であり正義であり、愛のなせるわざなのだ。だからこそ、子供も無償の愛で応えなければならないという義務が生じる。また、どんなに親に反発心を抱いても、金銭的な余裕がない子供たちは、家に帰り食卓につかなければ飢えて死ぬ。その現実を利用して、親は子供から愛を搾取することもできるのだ。家庭における「食」を描くことは、実は親子という関係性に横たわる愛の呪縛を描くことでもある。女性性の描写に定評のある行成薫は、ひかりと母親との関係を通して、そのことを書く。そのうえで、「食」でつまずいたあらゆる登場人物たちの心を、回復させる術《すべ》を書く。

③「闘え！　マンプク食堂」は、作家が楽しみながら書いたことが節々から伝わってくる一編だ。佐藤伸行・幸代夫妻が経営する大衆食堂は、おかずもボリューミーで普通盛りのご飯はよその店の超大盛りレベル、しかもおかわり無料。〈客が、ウマい、腹いっぱい、と言って外に出て行く背中を見るのが、無上の喜びなのだ〉。ところが、ここ最近店に顔を出すようになった男は、米びつが空になるまで食べても「満腹」になってはくれず……。世に聞く「痩せの大食い」という言葉から、こんなにもチャーミングな物語を発想するなんて！「はらへった」「お腹が、いっぱいです」というありふれたフ

レーズから、こんなにも切ないシチュエーションを編み出すなんて。

そもそも超大盛り路線は、近くの高校の運動部の子供達に、腹一杯ご飯を食べて欲しいという店主の思いから始まったものだった。その結果、『大衆食堂さとう』という屋号も、途中から『マンプク食堂さとう』に変わっていった。料理店と客との関係は、店が料理を出し、客から金を受け取るだけの一方的なものではない。客が要望やアイデアを出し、店が応えることもあるのだ。つまり——客が店を作る。その関係性を、この一編は見事エンタメに昇華させている。

全五編中もっとも短い④「或る洋食屋の一日」は、洋食屋『グリル月河軒』のシェフである前沢永吾を視点人物に据え、閉店する最後の一日の朝から晩までを、ほぼリアルタイムでドキュメントしていく。五〇年間継ぎ足しながら作ってきた「命のドミグラスソース」に対するシェフの思いは、哲学だ。〈明日は、今日よりちょっと旨くなる。五年後、十年後にはもっと深い味わいのソースが作れる。そう思わなかったら、永吾は自分の人生を洋食に捧《ささ》げることはできなかっただろう。（中略）永吾の体は老いて腰の痛みもひどくなる一方だが、このソースだけは、時間とともに老いることなく成長してきた〉。自分の外側、自分以外の何かに成長や幸福の基準を設ける人生の豊かさを、雄弁に物語った一文と言える。ベテランの料理人を主人公にしたからこそ、その一文を表現することができた。

⑤「ロコ・モーション」は、本書のラストを飾るにふさわしい一編。「食」にまつわる未知の情報に触れる、「情報小説」としての娯楽性がもっとも高い。共働きで子供はまだいない井上杏南は、夫の璃空から会社を辞めたと突然告げられた。料理の腕を活《い》かし、いわゆる「キッチンカー」で飲食の移動販売をおこなうのだと言う。購入した中古のワゴンをキッチンカー仕様に改造し、「食品衛生責任者」の資格を取り、営業予定のエリアを管轄する全ての保健所から「営業許可証」をなんとか取得。しかし……予想だにしなかった現実が立ちはだかる。

障害を打破する術は、仲間であり、アイデアだ。璃空が仲間たちとともに「究極のロコモコ」を完成させるプロセスには、「食」の知識に裏打ちされた、問答無用のリアリティが宿る。〈食べてもらえさえすれば、絶対にわかってもらえる。／でも、その食べてもらう、ということが至難の業だった〉。「食べてもらう」の輪が波紋のように広がっていく場面は、鳥肌ものの快感だ。その場面に立ち会った、元料理人の男はこう思う。〈人を幸せにしたいと思って料理をしたことはなかった。幸せになりたかったのは自分で、料理はその手段だった〉。だから、ダメだった。

料理人は、美味しい料理を作ることでは、幸せになり切れない。誰かに食べてもらい、美味しいと感じてもらい、そう言ってもらえることで、己の心身に幸せを満たすことができる。そうした人と人との関係性は、「食」の現場に限らず、実は日常の中で頻繁に起きていることではないか？　誰かの幸せが自分の幸せになる、その関係性を描くことにこそ、「食」をテーマにした物語の真髄があるのではないか。

いずれの短編も楽しく軽やかに読み進められるが、「食」をテーマにしたからこそ描けた、人間の感情や関係性、可能性がぎっしり詰まっている。と同時に、過去七作の執筆で鍛え上げてきた、作家の個性や技芸も存分に発揮されている。行成薫のブレイクポイントはこの一冊だった、とのちの文学史は語ることになるだろう。

（よしだ・だいすけ　書評家）

初出
四分間出前大作戦（「中華そば　ふじ屋」改題）
「小説すばる」二〇一三年四月号
おむすび狂詩曲　　書き下ろし
闘え！　マンプク食堂「小説すばる」二〇一六年十二月号
或る洋食屋の一日　書き下ろし
ロコ・モーション　書き下ろし
本書は、右記の作品を加筆・修正したオリジナル文庫です。

本文デザイン／高橋健二（テラエンジン）
本文イラスト／杏耶

集英社文庫　目録（日本文学）

唯川恵　ベター・ハーフ
唯川恵　今夜　誰のとなりで眠る
唯川恵　愛には少し足りない
唯川恵　彼女の嫌いな彼女
唯川恵　愛に似たもの
唯川恵　瑠璃でもなく、玻璃でもなく
唯川恵　今夜は心だけ抱いて
唯川恵　天に堕ちる
唯川恵　手のひらの砂漠
湯川豊　須賀敦子を読む
行成薫　名も無き世界のエンドロール
行成薫　本日のメニューは。
行成薫　僕らだって扉くらい開けられる
雪舟えま　バージンパンケーキ国分寺
雪舟えま　緑と楯ハイスクール・デイズ
柚月裕子　慈雨

夢枕獏　神々の山嶺《いただき》(上)(下)
夢枕獏　黒塚 KUROZUKA
夢枕獏　ものいふ髑髏《どくろ》
夢枕獏　秘伝「書く」技術
養老静江　ひとりでは生きられない　ある女医の95年
横幕智裕　周良貨／能田茂・原作　監査役　野崎修平
横森理香　凍った蜜の月
横森理香　30歳からハッピーに生きるコツ
横山秀夫　第三の時効
吉川トリコ　しゃぼん
吉川トリコ　夢見るころはすぎない
吉川永青　闘鬼　斎藤一
吉木伸子　あなたの肌はまだまだキレイになる　スーパースキンケア術
吉沢久子　老いをたのしんで生きる方法
吉沢久子　老いのさわやかひとり暮らし
吉沢久子　花の家事ごよみ　四季を楽しむ暮らし方

吉沢久子　老いの達人幸せ歳時記
吉沢久子　吉沢久子100歳のおいしい台所
吉田修一　初恋温泉
吉田修一　あの空の下で
吉田修一　空の冒険
吉田修一　作家と一日
吉田修一　泣きたくなるような青空
吉田修一　最後に手にしたいもの
吉永小百合　夢の続き
吉村達也　やさしく殺して
吉村達也　別れてください
吉村達也　セカンド・ワイフ
吉村達也　禁じられた遊び
吉村達也　私の遠藤くん
吉村達也　家族会議
吉村達也　可愛いベイビー

集英社文庫　目録（日本文学）

吉村達也　危険なふたり
吉村達也　ディープ・ブルー
吉村達也　生きてるうちに、さよならを
吉村達也　鬼の棲む家
吉村達也　怪物が覗く窓
吉村達也　悪魔が囁く教会
吉村達也　卑弥呼の赤い罠
吉村達也　飛鳥の怨霊の首
吉村達也　陰陽師暗殺
吉村達也　十三匹の蟹
吉村達也　それは経費で落とそう
吉村達也　「会社を休みましょう」殺人事件
吉村達也　OL捜査網
吉村達也　悪魔の手紙 ヨコハマOL探偵団
吉村龍一　旅のおわりは
吉村龍一　真夏のバディ

よしもとばなな　鳥たち
吉行あぐり 吉行和子　あぐり白寿の旅
吉行淳之介　子供の領分
與那覇潤　日本人はなぜ存在するか
米澤穂信　追想五断章
米澤穂信　本と鍵の季節
米原万里　オリガ・モリソヴナの反語法
米山公啓　医者の上にも3年
米山公啓　命の値段が決まる時
リービ英雄　模範郷
隆慶一郎　一夢庵風流記
隆慶一郎　かぶいて候
連城三紀彦　美女
連城三紀彦　隠れ菊(上)(下)
わかぎゑふ　秘密の花園
わかぎゑふ　ばかちらし

わかぎゑふ　大阪の神々
わかぎゑふ　花咲くばか娘
わかぎゑふ　大阪弁の秘密
わかぎゑふ　大阪人の掟
わかぎゑふ　大阪人、地球に迷う
わかぎゑふ　正しい大阪人の作り方
若桑みどり　クアトロ・ラガッツィ(上)(下) 天正少年使節と世界帝国
若竹七海　サンタクロースのせいにしよう
若竹七海　スクランブル
和久峻三　夢の浮橋殺人事件 あんみつ検事の捜査ファイル
和久峻三　女検事の涙は乾く あんみつ検事の捜査ファイル
和田秀樹　痛快！心理学 入門編 ―なぜ僕らの心は壊れてしまうのか
和田秀樹　痛快！心理学 実践編 ―どうしたら私たちはハッピーになれるのか
渡辺淳一　白き狩人
渡辺淳一　麗《うるわ》しき白骨
渡辺淳一　遠き落日(上)(下)

集英社文庫

本日《ほんじつ》のメニューは。

2019年10月25日　第1刷　　定価はカバーに表示してあります。
2021年7月14日　第7刷

著　者　行成《ゆきなり》　薫《かおる》

発行者　徳永　真

発行所　株式会社　集英社
東京都千代田区一ツ橋2-5-10　〒101-8050
電話　【編集部】03-3230-6095
【読者係】03-3230-6080
【販売部】03-3230-6393(書店専用)

印　刷　凸版印刷株式会社

製　本　加藤製本株式会社

フォーマットデザイン　アリヤマデザインストア　　マークデザイン　居山浩二

ISBN978-4-08-744041-6 C0193